U0065416

樂讀456 ——進階 099

黑貓魯道夫③

魯道夫與來來去去的朋友

文 齊藤洋

圖 杉浦範茂

譯 陳昕

目錄

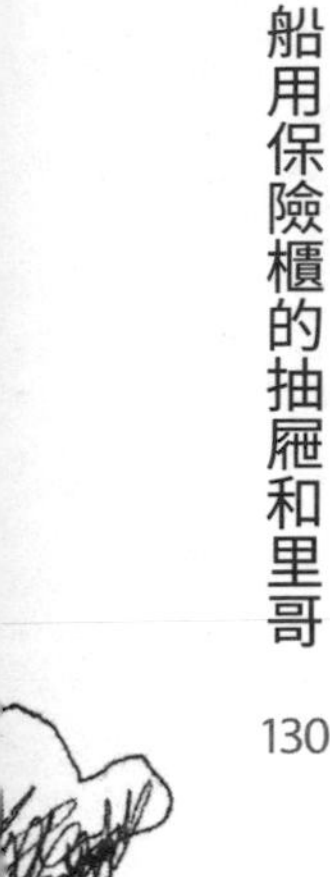

序

我是一隻黑貓，名叫魯道夫。我有一個特殊的專長，就是我會寫字。

這是我的第三本書。第一本叫做《魯道夫與可多樂》，第二本叫做《魯道夫．一個人的旅行》，現在你正在讀的這一本是前兩本的續集。

我出生於日本岐阜，現在則住在東京。所謂的「東京」，是指位於日本本島東邊盡頭的

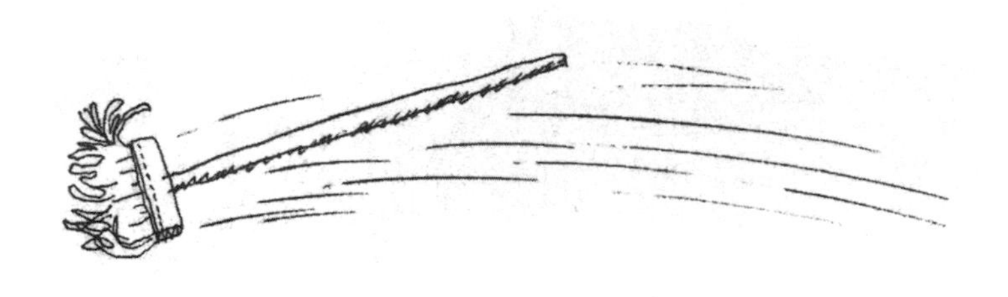

地方。從附近的江戶川堤看過去，可以望見千葉縣。

兩年前，我從魚店偷了柳葉魚，被魚店老闆一路追捕，後來及時跳上停靠在附近的一輛貨車的載貨臺。在那一瞬間，我的頭也同時被魚店老闆從後面丟過來的拖把擊中，昏了過去，就這樣一路從岐阜被載到東京。

那時候的我，還只是一隻小貓。現在回頭想想，以當時那樣小小的身軀，能夠跳上那麼高的貨車載貨臺，實在是件不可思議的事。現在的我，除了會寫字以外，跳躍也成了我的強項之一。

然而到目前為止，我還是想不透那個魚店老闆到底是個什麼樣的人。為了區區一條柳葉魚，可以那樣追趕一隻小貓，甚至失心瘋似的丟拖把，而且那支拖把還是花店老闆的呢！那支拖把和我一起被載到了東京。魚店老闆肯定得買一支還給花店老闆了。

當我將這件事原原本本的告訴可多樂時，他說：「會做出這種事的人，就是沒有教養的人。」我也這麼想。可是偷柳葉魚，也不算是有教養的行為吧！不管是人類或是貓，一旦失去了教養，怎麼說都是很糟糕的一件事！

喔，對了，忘了跟大家說，我口中的「可

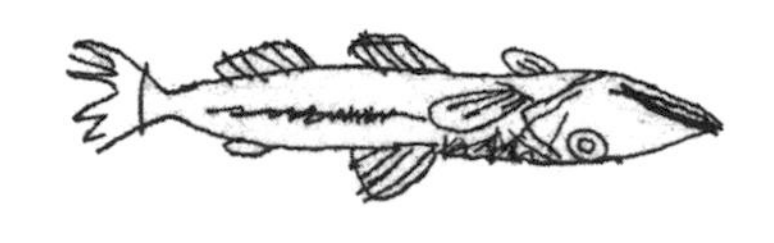

多樂」，就是我剛到東京時，對我非常照顧的貓老大。到目前為止，我依然受到他的照顧。

「可多樂」是一隻灰棕色帶有黑色條紋的虎斑貓。我想第一次見到他的人，大概會認為他是隻小老虎，不會把他歸類成貓吧！因為可多樂的體型比一般貓還大。

「想要打敗虎哥，比看見白烏鴉的機率還要小。」

說這句話的是米克斯。

米克斯是五金行養的貓，年紀比我大一些，和我的交情很好。他嘴裡的「虎哥」，是可多樂的另一個名字。

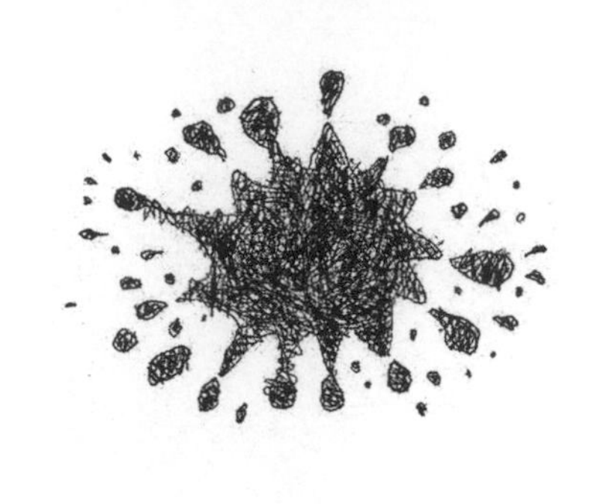

我和可多樂第一次見面的時候，問他叫什麼名字，他回答我：「我的名字『可多了』。」他的意思其實是說他的名字多得不得了，我卻誤以為他叫做「可多樂」，從此以後我就一直叫他「可多樂」。

好了，言歸正傳，我想天底下應該沒有白烏鴉這種東西，就算有，也非常稀有吧！而比起白烏鴉，可多樂打架打輸，更是稀奇。

米克斯這麼說完全沒錯，可多樂確實只有吃過一次敗仗，可是那完全是大魔頭使用了卑鄙手段獲勝的，總之，一點也不光明磊落，所以那或許根本不該稱為「敗仗」。況且大魔頭

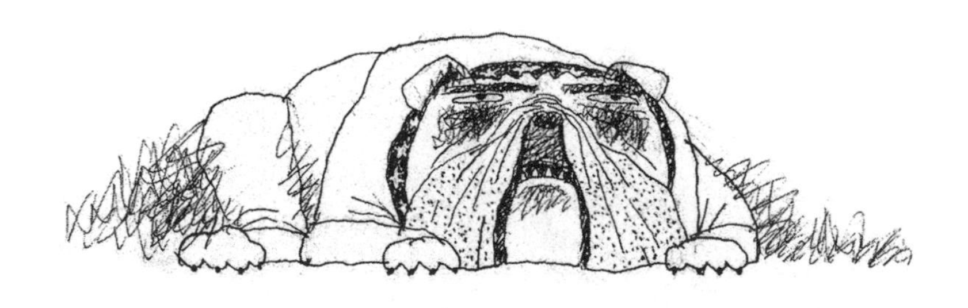

根本就不是貓，而是隻鬥牛犬！

現在，我們已經和大魔頭言歸於好了，也就是說他和我們——我、可多樂、米克斯，現在是好兄弟了。

說到這裡，或許你會好奇，究竟我剛剛說的那些事是怎麼一回事？還有，為什麼一隻貓咪會寫字？關於這些，都詳細的寫在《魯道夫與可多樂》和《魯道夫．一個人的旅行》裡了，等你看了之後就會完全明白。好了！廣告打到這裡，接下來我要開始說新的故事嘍！

最後，希望你可以興味盎然的把這本書讀完，這樣我會很高興的！

1

大鬍子男和鴿子的味道

五月了。

這一個多月以來，櫻花已經開滿枝頭，完全把葉子都覆蓋住了。狗屋那裡傳來大魔頭的鼾聲，除此之外，四周一片寂靜。

我坐在池畔邊一塊平坦的石頭上，望著池塘的綠色水波，突然，池子底下冒出一個紅色的東西，立刻又咻的潛了下去。

雖然那東西已經往底下沉，但我仍然分辨得出那是條大金魚。他的動作遲鈍，如果在發現的瞬間，快速的伸出爪子去抓，肯定輕而易舉就能抓到。可是我並沒有那麼做。為什麼呢？因為這裡是大魔頭家的庭院，在朋友家的池塘裡抓金魚，是沒有教養的行為。

話雖如此，在金魚慢慢冒出水面的時候，我還是不由自主的伸出了爪子。儘管我多少讀了點書，也會寫字了，但是在這種時候，畢竟還是改不了貓的本性。為什麼會這樣呢？當我正在思考這個問題的時候，背後傳來了說話聲。

「幹麼不抓呢？明明近在眼前。」

米克斯不知何時已經來到我身後的草坪上，他正用右前腳磨蹭著臉。每當我們貓咪做這個動作的時候，人類就會說：「貓咪在洗臉。」這麼說也沒錯，每當我們想要把臉弄乾淨的時候，確實會這麼做，但我們絕不會把臉伸進池塘裡。

「哪有！我又沒有要抓魚，只是看看而已。」我說。

米克斯沒有搭腔，只是再次用前腳不停磨蹭著臉說：

「真是受不了！」

「受不了什麼？」

「還不就是人類嘛！那個留著一嘴髒鬍子的老頭。」米克斯一邊說，一邊起身坐到我旁邊。

「我說啊，要是有個不知打哪來的老頭，莫名其妙的劈頭喊你：『嘿，你是小魯吧！』然後一把抱起你，用大鬍子不停磨蹭你的臉，你會怎樣？」

我在腦海裡試著想像這樣的畫面：對面坐著的不是米克斯，而是一個不相識的男人，嘴裡還喊著：「嘿，你是小魯吧！」然後一把抱起我，用大鬍子磨蹭我的臉。好難啊，根本沒辦法想像。如果是認識的人還可以，但是，要我想像一個不認識的人對我做這種事，實在太難了。

我問米克斯：「發生什麼事了嗎？」

米克斯做了一個厭煩的表情說：

「發生什麼事？說起來真是討厭死了。剛剛我家店裡突然來了一個大鬍子，還沒跟我家主人打招呼，就一把抱起我，說什麼：『嘿，你是米克斯吧！』然後用他的大鬍子一直磨蹭我。」

我不知道米克斯到底是討厭這件事中的哪一方面，於是我問：

「你討厭的是被一個陌生人喊你的名字，還是被那個人抱起來？或者是他用鬍子磨蹭你呢？」

米克斯眨了下眼然後回答我：

「三個都討厭！」

「這樣啊，那個人究竟是誰呢？」

「後來我聽他們對話，他好像是我家主人從茨城縣來的堂哥。聽說那個傢伙在我小的時候來過店裡一次，那時候也是這樣用大鬍子磨蹭我。」

「嗯，來過一次就記得，想必那傢伙是個愛貓人。」

「啊，好像是這樣沒錯，聽說茨城的大戶農家都養很多貓。」

米克斯說完，往池塘底下看了看，話鋒一轉：

「小魯，我知道你很會抓麻雀，那鴿子呢？烏鴉呢？」

「鴿子？烏鴉？」

「是啊。」

「我從來沒想過要抓鴿子或烏鴉，和麻雀比起來，這兩種都太大，抓他們太費力了。你想抓他們嗎？」

「嗯。」

「抓他們要做什麼？」

「那還用說嗎？當然是吃啊！」

我聽得瞠目結舌，眼睛睜得圓滾滾的；不過，貓咪的眼睛本來就是圓的。

我現在有時寄宿在可多樂的主人日野先生家，有時則在附近神社的地板下睡覺。不知道我這樣到底應該算是寵物貓，還是流浪貓？更早之前，日野先生還沒從美國回來的時候，我和可多樂一直都過著流浪貓的生活。儘管如此，鴿子和烏鴉我是一次也沒吃過。而不管是鴿子或烏鴉，可多樂都不會對他們出手。最重要的是，米克斯是隻道道地地被豢養的寵物貓，別說鴿子烏鴉，就連麻雀也沒吃過呢！

「鴿子的話或許還有可能，可是烏鴉那麼強悍，而且我想一點也不美味吧！」我說。

「這樣啊！」米克斯說完，便起身往日野先生家的籬笆走去。

順道一提，之前日野先生家的庭院和大魔頭家的庭院中間有道水泥牆，現在變成籬笆了。日野先生長期住在美國，在家的時間非常少，大魔頭總是在兩家的庭院中自由穿梭，順道幫日野先生看家。因為這是日野先生的主意，所以水泥牆翻修成籬笆的費用，就由日野先生支付。

米克斯的身影消失在日野先生家的庭院裡。大魔頭不知道什麼時候醒來了，悄悄的走過來，用和他體型不相稱的聲音，小聲的問我：

「那傢伙的胃口改變了嗎？」

我看著大魔頭說：

「你偷聽我們說話？」

「偷聽？你們兩個嗓門那麼大，我不想聽都不行。」

大魔頭朝日野先生家的庭院望去，嘴裡嘀咕著：

「我們家主人的老婆有個妹妹，這個妹妹幾天前生了孩子。當她的孩子還在肚子裡的時候，每次到我們家，光吃一些像是橘子、葡萄柚這些很酸的東西。現在孩子生出來以後，就變成喜歡吃羊羹、巧克力餅乾這些甜的東西了。」大魔頭表情很認真的說。

「那是什麼意思？」我問。

「肚子裡有寶寶，喜歡的食物就會改變。」

我嘆了一口氣說：

「喂，大魔頭，米克斯可是公貓耶！」

大魔頭用輕蔑的眼神看著我。

「那又怎樣？你們貓咪會幹什麼事我是不知道啦，說不定公的也會生孩子。」

「大魔頭，你是認真的嗎？」

「沒啦，我說著玩的。」大魔頭說完，打了一個大呵欠，走進狗屋，躺下去睡了。

馬上到了午飯時間。

烏鴉肯定很難吃，但是鴿子或許很好吃也說不定，我心裡暗暗想著。也許是因為肚子餓的關係，才會去想一些平常不會想到的事吧。

2

「我是男孩」和玄關的聲音

我看似是一隻自由自在的貓，好天氣的夜晚就睡在神社的地板下方，下雨天就寄宿在日野先生家，但倒也不是一定如此，只是常常這樣。

日野先生家的玄關門下面有個貓咪專用的小門，二十四小時都可以自由進出。

日野先生在四月底的黃金週放假前去了美國，預計六月底左右回國，所以，現在日野先生家只剩可多樂。白天，幫傭婆婆會來打掃，順便幫我們準備食物，或是用梳子梳理我們身上的毛。我剛到東京的時候，還曾經把幫傭婆婆誤認為是巫婆呢！

我在大魔頭家的庭院遇到米克斯的那天，因為晚上忽然飄起了小雨，所以我就寄宿在日野先生家。大約九點多，我從玄關那個貓咪專用的小門進去時，日野先生的書房燈還亮著。

順道一提，除了書房以外，其他所有的門下方都有貓咪專用的小門。日野先生不在家的時候，書房的門會開著，我和可多樂當然也就可以進去，而且書房上方的電燈開關遙控器就放在桌上，只要按一下圓圓的按鈕，就可以開燈或關燈。因此，即使家裡沒有人，我們晚上也可以自己開關燈。除此之外，桌上也有檯燈，只要觸碰一下就可以控制開關。

書房的燈開著，我一走進書房，往檯燈那邊望過去，就看見可多樂坐在桌子上，似乎是在看書。

可多樂抬起頭，從桌上俯視我。

「小魯，你有用玄關前面的那條抹布，把腳好好的擦乾淨嗎？」可多樂問。

玄關的抹布是給我們貓咪擦腳用的，幫傭婆婆每天都會更換新的。白天如果幫傭婆婆在的話，她會幫我們擦腳。幫傭婆婆回去之後，我們就要自己用抹布把腳上的汙泥弄乾淨。一隻有教養的貓是不會用沾了泥巴的腳走進屋裡的。

「嗯，當然有啊！」

我點點頭，跳上桌子。

桌上有一本像是繪本的書攤開著。上頭畫了一個人類男孩，旁邊有個像漫畫的泡泡框，裡面寫著句子，至於寫了什麼，我不知道。那個字看起來像是羅馬字母，大概是英文吧！

「喂，小魯，你來看這個，很奇怪對吧，真是太好笑了。」可多樂說。

我看不出來他所謂的奇怪是指什麼。

我問可多樂：

「這個男孩說了什麼？」

「這就是問題了。他說：『I am a boy.』這句英文的意思就是『我是男孩』，簡直是胡說八道。」

I am a boy.

我完全不了解可多樂為什麼要發這種牢騷。畫裡的男孩只是說「我是男孩」，沒有什麼好奇怪的啊。

「這有什麼不對嗎？如果這個男生說『我是女孩』，那才噁心呢！可是他說的是『我是男孩』，我不覺得有什麼奇怪呀！」

我話剛說完，可多樂就大嘆了一口氣說：

「唉，真是隻不會思考的貓……小魯啊！你有看過或聽過哪個人會像這樣說『我是男孩』嗎？這個人不用說，一看就知道是個男孩，但是有哪個人會像這樣自我介紹說『我是男孩』？不管是在日本還是美國都一樣。」

我同意可多樂的說法。

「這樣說起來，確實有道理。」

「對吧！不能這樣說嘛。這種書根本一點用都沒有。」可多樂說完便啪的一聲，把書闔上。

「可是，這本書怎麼會在這裡？是日野先生的嗎？」我問。

可多樂搖搖頭說：「日野先生的英文這麼溜，怎麼可能會看這麼幼稚的書？那是我白天到附近公寓的垃圾場裡撿來的。它和一堆舊報紙捆在一起，我咬斷繩子，把它叼回來。這東西光是重，卻一點內容也沒有。只有會丟書、沒教養的人才適合讀，無聊透頂！」

可多樂說話的時候，我似乎感覺到玄關那邊傳來一陣像是小鳥的聲音。不知道是不是自己的心理作用。可是我看可多樂的耳朵也抽動了一下，似乎也感覺到了。

「好像有人來了。」我說。

「會不會是米克斯？」可多樂跳下了桌子。

我也跟著跳下桌子。這時，玄關又傳來「叩、叩」的聲音。

如果是米克斯的話，他應該會喊「喂，虎哥，你在嗎？」然後直接進來。

可是玄關那裡，也沒有米克斯的聲音。

我和可多樂互看了一眼。

喀噹！

是貓咪專用的小門關上的聲音。有什麼人進來了？

可是，接著就鴉雀無聲，再也沒有動靜了。

這個人似乎只走到玄關，沒進屋裡來。

「會是誰呢？」我小聲的對可多樂說。

這時，玄關方向傳來說話聲：

「不好意思，請問有人在嗎？」

是公貓的聲音。

3

對岸來的虎斑貓和攻擊事件

是兩隻虎斑貓。

可多樂慢慢走向玄關，我也跟在後頭。一到玄關便看見兩隻虎斑貓。

其中較大隻的開口說：

「好久不見了，虎哥老大、小魯大哥，你們大概忘了吧，是我們啊！市川的龍虎三兄弟，我是恰克啊！」

他們是住在江戶川對面河岸的貓。之前曾經來挑釁，找我的碴，結果被可多樂狠狠的修理一頓後逃走了。說話的叫恰克，另一隻叫阿里。他們應該還有一個大哥叫做普拉多，不過那時候不在場。

「之前的苦頭還吃得不夠嗎？還想打架？」可多樂說。

「沒、沒那回事，怎麼會想打架呢！」恰克邊說邊慌忙的把腳往後縮了一步。

「我說啊……你們兩個，在這種下雨的夜晚，如果是一隻懂禮貌的貓，絕對不會不請自來的。想必上回教你們的禮儀，全都忘了吧？是不是要我再給你們上一課啊？」

可多樂一說完便往前邁了一步，恰克和阿里隨即往後倒退兩步。站在恰克身後的阿里，屁股還撞到了大門。

「不是這樣的，我們為了早點找到兩位，一大早就出門了。我們到神社發現兩位不在，就四處去打聽，走著走著就這麼晚了，沒想到又突然下雨。我們本來想今晚先露宿街頭，等天亮再來打擾，可是我們實在一刻也不能等了，阿里也說……」

恰克話還沒說完，就被可多樂打斷。

「知道了，知道了，廢話少說，講重點！」

「沒別的事，重點就是我們是來接你們兩位的。」恰克說。

上次恰克和阿里找我打架時，也是想把我叫到小學操場去，那時候，他們的大哥普拉多就等在那裡。

「你們那個連面都不敢來見我的大哥，這會兒又在哪裡等著了？該不會又想找我打架了吧？」

可多樂此話一出，恰克慌張的趕緊搖頭。

「不、不是這樣的，這次普拉多沒來。他想來，可是沒辦法。」

「什麼叫做『他想來，可是沒辦法』？」

「嗯，其實大哥住院了……」

「住院？所以你的意思是要我去探病？呵，我可沒那麼重要。」

「不、不是這樣的……」

「不然是怎樣？你給我老實說，

如果又想打什麼鬼主意，小心我再賞你們一頓排頭吃！」

可多樂做出餓虎撲羊的樣子，使勁壓低肩膀準備行動。

恰克害怕的說：

「等、等一下嘛，我、我正要把事情的經過從頭到尾說給你們聽啊！」恰克向我露出求救的眼神。

「嗯，可多樂，就聽聽看他要說什麼嘛！不然每次他要說話，都被這樣威脅，話都說不出來了。」我試著替他解圍。然後，我回頭問恰克：

「你們從河對岸過來，一直在找我們，今天一定沒吃什麼吧？」

「嗯、是……是……」

看他的模樣，就知道他們一定早就餓得肚子咕嚕咕嚕叫了。

日野先生家的廚房裡隨時都備有貓罐頭，碗裡也會有貓餅乾。當然，不只是可多樂，我也可以吃。幫傭婆婆每次回家前，都會檢查一下還有沒有貓罐頭，或者碗裡有沒有貓餅乾。

「先來吃點東西，餓著肚子，話也說不清楚。」我轉頭試探性的問了一下可多樂：「你說是吧，可多樂？」

「好吧，打敗兩隻餓肚子的貓，傳出去也不好聽。」可多樂接著說：「那麼，你們兩個進來之前，先用那裡的抹布把腳好好的擦乾淨。喔，還是先把溼答答的身體弄乾吧！」

可多樂會這麼說，完全是為幫傭婆婆著想。

恰克和阿里打哆嗦似的抖抖身體，等確定他們把身上的雨滴抖乾，也在抹布上把腳抹乾淨後，我便往廚房走去。恰克跟在我身後，阿里跟在恰克後頭，可多樂則緩緩的走在最後面。

看樣子，恰克和阿里真的是餓到極點了，他們把貓罐頭和貓餅乾吃了個精光。

面對這樣的情景，可多樂一句牢騷也沒有。

「吃飽了，有什麼事就快說吧！」

可多樂跳到餐桌旁的椅子上，我則坐到椅子的正下方，恰克開始細說從頭。

普拉多、恰克和阿里，這龍虎三兄弟是江戶川對面的市川市，一個大戶農家飼養的寵物貓。恰克驕傲的告訴我們，北從常磐線、南到總武線，都是他們的地盤。從地圖上一看就明瞭，這對貓來說，的確是很大的地盤。除此之外，還有一件令他們頗為自豪的事，那就是在龍虎三兄弟的嚴格控管下，這塊地盤從不曾發生過任何一件貓的糾紛，就連附近的狗，也幾乎不曾對貓動過手。可是，就在一個星期前的某個夜晚，龍虎三兄弟在自家的庭院裡，遭遇到一件前所未有的慘事。

龍虎三兄弟的主人飼養了一隻臘腸狗，叫做阿丹。阿丹被主人放養在偌大的庭院裡。龍虎三兄弟和阿丹的感情非常好。有一天，阿丹被一隻不知打哪來的惡霸狗攻擊，連出手搭救的普拉多也因此受了重傷。

那是個月黑風高的夜晚，龍虎三兄弟正在走廊下酣睡，突然聽見阿丹的哀號聲：「阿嗚！」

普拉多第一個飛奔到庭院，當然，恰克和阿里也緊跟在後。

他們一到庭院，便看見正中央有兩個黑影。一個黑影橫躺在地上，另一個黑影則直挺挺的站立著。庭院的角落裡有間車庫，車庫的燈還亮著，藉由燈光可以清楚辨識出那個站立的影子不是阿丹。再加上那個哀號聲，種種跡象都顯示，倒在地上的肯定是阿丹。

而那個站著的傢伙，就是攻擊阿丹的壞蛋！

看到這個情形，普拉多二話不說，便朝那個傢伙撲過去。可是，那傢伙突然一個轉身，從上方迅速的咬住普拉多的頸子，將他在空中左右亂甩，然後扔了出去。

普拉多的頭撞上堅硬的地面，差點一命嗚呼。幸好這時候他們的主人開著貨車從農會的聚會回來。如果再晚個十分鐘，普拉多和阿丹的命運就不知會如何了。

在貨車的車頭燈照耀下，從那隻狗離去的背影來看，雖不能說是非常大型的狗，但至少也是隻中型的長腳鬥牛犬。

聽到這裡，我想像著大魔頭的腿變長的模樣。大魔頭可是一隻擁有正統血統證明書的鬥牛犬。

「長腳鬥牛犬？或許是杜賓犬也說不定。」坐在椅子上的可多樂，若有所思的嘀咕著。

說到杜賓犬，我在小學圖書室裡的《犬類圖鑑》看過。那種狗是看門犬的代表，被那樣的狗攻擊，一定必死無疑。

「虎哥老大，雖然這麼說有點抱歉，但那傢伙恐怕不是你想的那種狗。」

說話的是阿里。阿里和恰克長得很像，體型比恰克稍微小一些，但是比我大一些。

恰克小聲的繼續說道：

「阿丹和我們大哥普拉多很快被送到醫院治療，就這樣住了院。之後據阿丹形容，他是在睡覺的時候，不知不覺中突然被襲擊的，所以他並不清楚究竟是哪種狗攻擊他。不過，可以確定的是，那隻狗並不是杜賓犬、牧羊犬，或動物醫院牆上的海報通常會貼的任何一種狗。」

「所以說，你們是因為那隻叫做阿丹的臘腸狗和普拉多受傷，才來這裡的？」可多樂問。

「是的，就是這樣。就像我剛才說的，我們是來接你們的。我們想請小魯大哥幫我們復仇。」

「什麼？」脫口大喊的不是可多樂，而是我。

到目前為止，恰克兄弟所說的事似乎都與我無關，我只把它當成故事來聽，完全沒料到會冒出我的名字。

這回可多樂似乎也嚇了一跳，大叫出聲：

「你說什麼？」

4

貓質和蠢蠢欲動的腳

東京和千葉之間的大橋上，一輛輛車子緩慢的駛過。看來，早上的尖峰時刻還沒結束。

「小魯，不要那種表情，不會有事的。」從日野先生家出來以後，我們便沿著江戶川堤防走著，可多樂一直重複著這句話。

「可是……」

可多樂對著欲言又止的

我，再次重申那句話。

「那隻惡霸狗在市川、松戶大肆破壞後，一定會過河到對岸來的。在那之前，我們必須先逮到他，好好教訓一頓，讓他改邪歸正。」

「就是說啊，小魯大哥。雖然我大哥普拉多正在住院，但只要我恰克呼喊一聲，市川、松戶的三千貓族，一會兒工夫便會集合起來，等虎哥老大一聲令下，大家就會拚命戰鬥了。」

恰克說完，一同來送行的米克斯嘟囔著說：

「那就用不著虎哥出面啦，只要恰克兄你一聲令下，那些貓戰士就會去拚命了。」

米克斯是不贊成可多樂去遠征的。

「話可不能這麼說，那可是有差別的呀！不管怎麼說，能夠一下子就把我大哥打敗的，就只有虎哥而已。要靠我自己的能力，恐怕……」

正當米克斯想要反駁恰克時，可多樂打斷了他。

「夠了，米克斯，我已經決定要去了。」

昨天夜裡，可多樂和恰克已經針對此事商議過了，最後的決定是由可多樂前往市川，而不是我。

之前，可多樂慘敗給大魔頭後，我做了類似復仇的行動，降服了大魔頭，而這件事似乎傳遍了整個市川和松戶。

「只憑兩隻貓的力量，運用連惡魔也料想不到的計謀打敗了鬥牛犬，這樣顯赫的戰績早就傳遍市川各地，名聲甚至遠播至船橋市郊。正因為如此，之前我們龍虎三兄弟才會不自量力的，想要藉由打敗這樣的大哥而出名，說起來真是丟臉。」

昨天晚上，恰克向可多樂坦誠了一切。

我想，不管恰克或者阿里，他們都不認為我可以正面迎戰那個打倒普拉多的傢伙，甚至打贏對方。聽說他們原本打算請我利用那個所謂的「連惡魔也料想不到的計謀」，追趕那傢伙，然後大夥兒再一起狠狠的教訓他。

「不可能讓小魯去做這麼危險的事，但我們也不能無視這件事的存在，拒絕你們。所以，只好由我來代替小魯了。你們對我這個決定有什麼意見嗎？」可多樂問。

「怎、怎麼會有意見呢？虎哥老大願意代替小魯大哥去，我們求之不得啊！」恰克拚命搖頭。

可多樂代替小魯，就這樣決定了。

天一亮，我立刻就去通知大魔頭和米克斯。大魔頭沒辦法出來外頭，所以沒來送行。

可多樂在出發前，隔著籬笆，對大魔頭大喊：

「我要到對岸去啦！」

大魔頭只回了句：

「喔，這樣啊，保重啊！」

大魔頭之前已經從我口中得知可多樂此行的目的，他用擔心的眼神目送我們離去。

「市川的事就由市川的貓來解決就好，幹麼要勞動我們呢？」

米克斯對我說。

雖說如此，可是當見到可多樂時，米克斯半個字也沒提，因為他知道，可多樂一旦決定了的事，是不會改變的。

所以，米克斯和我一起來到橋頭為可多樂送行。送行的隊伍中也包括阿里，是恰克建議他留下來的。

可多樂原本拒絕這個提議，但是恰克說：

「這不是我們的主意，而是大哥普拉多的意思。他要求我們必須這麼做。為了證明我們龍虎三兄弟沒有任何陰謀，所以留下阿里當人質，不，是『貓質』。」

阿里似乎也打定主意這麼做。不過可多樂對阿里說：

「你留在這裡，反而會造成麻煩。」

可是不管可多樂怎麼反對，阿里仍舊沒有要回去的意思。

我們一群貓走到橋頭，可多樂停下腳步說：

「好了，小魯，就送到這裡，快回去吧！你送我過橋的話，我心情會很糟的。只要逮到那隻惡霸狗，好好教訓一頓後，我就會回來，你不用擔心。」

不等我開口，可多樂便對恰克說：「走吧！」然後快步的過橋去了。

「那麼，小魯大哥，我們阿里就拜託你了。」

恰克一說完，立刻追上先走一步的可多樂。

「唉，我應該一起去的。」我碎唸著。

站在一旁的米克斯說：

「算了吧，你去只會給虎哥添麻煩。」

其實，昨天晚上，我確實有跟可多樂提議，讓我一起去。可是，可多樂訓斥我說：

「你跟在旁邊，我行動的時候就得分心注意你，不能好好跟那隻惡霸狗戰鬥。而且，我不在的期間，這裡也許會發生什麼事也說不定，所以你還是留在這裡比較好。」

看著恰克離去的背影，我不由得擔心起來。

總覺得我還是應該跟著去才對。

正當我抬起腳準備往前跨時，旁邊傳來阿里的呼喊：

「喂，哥，要保重啊！不用擔心我，替我好好修理那傢伙！」

看來，被獨自留下的阿里，心裡也是惶惶不安。

「可多樂，我等你回來啊！」這時的我，似乎也只能對著前方大喊，除此之外，什麼事也不能做。

我將蠢蠢欲動的前腳，放了下來。

5

「小哥」和前來邀約的米克斯

可多樂已經離開兩天了。

日野先生家的幫傭婆婆沒看見可多樂，擔心的唸著：

「奇怪了，怎麼都沒看見阿虎呢？」

幫傭婆婆都管可多樂叫「阿虎」，而叫我「小黑」。現在，即使進出家裡的貓換成了阿里，幫傭婆婆也沒有趕他出去。婆婆原本就是個愛貓的人。聽說當初日野先生在街上貼出徵人啟示，上頭寫著：「誠徵幫傭，年齡不拘，限愛貓人士。」婆婆一看見便前來應徵了。

之前，我已經將事情所有的細節都告訴了大魔頭，獨獨還沒告訴他有關阿里要留下來的事。於是，在送走可多樂之後，我帶著阿里來到大魔頭家。

大魔頭仔仔細細的詢問了有關襲擊阿丹和普拉多的狗長什麼樣子，希望知道是哪一種狗。可是，他得到的答案卻只是「體型龐大、腳很長的鬥牛犬」。

「腳很長的鬥牛犬？腳長的話，就不會是鬥牛犬了呀！」大魔頭納悶的搖搖頭。

其實，關於阿里，我有件事很不明白，那就是為什麼不管到哪裡，他老是要喊我「小魯大哥」？

「你可以不要一直喊我『小魯大哥』嗎？」我說。

「真不好意思，那麼我叫您『魯道夫大大老闆』好不好？」阿里問我。

「我不是那個意思，『魯道夫大大老闆』太長了，也不好唸。」

「是喔，確實是有點長，不然這樣好了，那我們就省略掉『魯道夫』這個名字，光叫『大老闆』就好，如何，大老闆？」

我嘆了一大口氣。如果我說「大老闆」不好，搞不好他會繼續說什麼「那就『特大大老闆』或『超大大老闆』」之類的。於是，我只好撒了這樣的謊。

「阿里呀，你知道嗎？我是在岐阜出生的。在我的家鄉裡，

凡是有名望的人，大家稱呼他們的時候，都會盡量縮短稱謂，這是一種禮貌。例如『聖德太子』，我們會稱做『聖子』；『喬治．華盛頓』我們會叫『喬治頓』；『貝多芬』我們叫做『貝芬』，而『總理大臣』我們則叫做『總臣』。用這個方式，『小魯大哥』就可以改叫『小哥』。所以，你就叫我『小哥』吧！」

「哎呀，原來在小魯大哥您的家鄉裡，有名的人都會這樣縮短稱呼啊！我都不知道呢，真是失禮了。那麼以後我都稱呼您『小哥』嘍。」阿里一臉認真的說。

於是，從那刻起，我的名字就變成「小哥」了。

撒了這個謊，總算是暫時應付過去，等阿里要回市川時再告訴他實話也不遲。

雖然剛才那些話是我隨口亂編的，但是「小哥」這個名字聽起來還挺可愛的。

從此以後，我就是阿里口中的「小哥」。

這天，阿里邀請我說：

「小哥，今天天氣不錯耶，我們一起去散步好嗎？」

我立刻答應了。老實說，我早就想去江戶川堤了，如果不是因為阿里在，我昨天就自己去了。雖然在江戶川堤沒辦法看見可多樂，但至少能看見可多樂在的地方——市川。可是顧慮到阿里的心情，我實在沒辦法說出「我們去江戶川堤」這樣的話，因為此刻的阿里一定很想回市川。

沒想到我和阿里一走出戶外，他就說：

「難得有機會出來走走，不如我們去江戶川堤好嗎？」

「什麼？」

我看著阿里的臉，他好像誤會了我的反應，語氣慌張的說：

「別、別擔心啦，我不會逃跑的。」

「什麼啊，我才沒有這樣想呢！而且就算你要逃跑，我也不會攔你。」

聽到我的回答，阿里歪著頭低聲說：

「嗯，小哥，其實這幾天，有些話我一直放在心裡，不知道可不可以問您？」

「有什麼話你說啊！」

「假使……惡霸狗的事件全部都是假的，也就是說，假使這一切都是我們龍虎三兄弟設下的圈套，要來欺騙小哥和虎大的話……難道您都沒有懷疑過嗎？」

一開始，我還在疑惑，他口中的「虎大」指的是誰。不過我馬上就想到，他指的是可多樂。不管怎樣，阿里的這番話，讓我心裡開始有些不安。

想必我現在臉上一定寫了「不安」兩個字吧！

可多樂時常對我教誨：

「你呀，一看表情就知道心裡在想什麼。對一隻成熟有教養的貓來說，這樣是不行的。不要輕易把心裡的喜怒形於色。」

阿里連忙搖搖頭說：

「當、當然沒這回事，我們絕對不會策劃什麼陰謀的。不過，要是換成我的話，說不定就會懷疑呢！」

或許，可多樂也曾經懷疑過這是個圈套，所以才堅持代替我去，甚至不帶我同行。

我越想越擔心。這時，阿里也慌張起來，連忙說：

「不會的，小哥，關於那個惡霸狗偷襲事件，全都是真的。

我們壓根也沒想過要對小哥和虎大設下這麼可怕的圈套。這件事如假包換，我敢向貓妖大人發誓，我說的都是真的。而且，都已經過了兩天，如果是圈套的話，騙到手以後我老早就逃走了，怎麼可能還待在這裡當貓質。」

這樣說也對，我想事情應該就是這麼回事，我總算放心了。可是，我還有個疑問，那個「貓妖大人」究竟是誰呢？

我問阿里：

「嗯，你剛說的『貓妖大人』到底是哪號人物？」

對於我的疑問，阿里顯得非常驚訝。

「咦？您不知道嗎？『貓妖大人』就是貓神，祂會……」

他二話不說，立刻抬起了前腳，用兩隻後腳立起整個身體，兩隻前腳則像人類的拳擊手一樣，前後揮動。

「只要祂擺出這樣的姿勢，不管對手是人類、貓，或者老虎、大象，都能像蜘蛛捕蟲一樣手到擒來。」

關於貓怪傳說，我之前聽可多樂說過，我潛進小學圖書室時也曾經讀過，最有名的一則是〈鍋島藩怪貓傳〉，簡單來說就是貓咪復仇的故事。

「『貓妖大人』應該是鬼，不是神吧？」我說。

阿里放下前腳說：「噓，千萬不可以這樣說啦！會被貓妖大人懲罰的。」阿里表情認真的繼續說道：「啊，對了，因為貓妖大人是很厲害的人物，所以應該稱呼祂為『貓大師』，可是又不太對，還是叫『貓巫』……不對，應該叫貓老巫。那這樣『貓妖大人的詛咒』就會變成『貓老巫的詛咒』。可是這樣聽起來好像是在說虎大家裡的幫傭婆婆，被聽見的話很有可能會被厭惡，或者不給我東西吃……」

他越說越奇怪，於是我打斷他：「我們走吧！」

我話一說完，阿里瞬間叫了起來：

「啊，是米哥，米哥來了。」

是米克斯來了。

阿里很久之前就耳聞過米克斯這號人物，雖然只知道名字而已。我和大魔頭開戰那次，米克斯當時也加入戰局，聽說這件事傳遍了整個市川。

米克斯似乎聽到了阿里的話，一邊走過來，一邊回頭張望。

「喂，小魯，你在這裡等客人來嗎？」

米克斯來到我身邊，再次朝來的方向張望著。

「沒有客人啊！」

「剛剛不是聽阿里說什麼『米糕來了』，米糕是誰呀？」

正當我要回答米克斯時，阿里搶先一步說：

「那不是再明白不過的嗎，米哥當然就是說您啊，不對嗎？」

阿里拋了一個眼神給我，尋求附和：

「您說是嗎，小哥？」

我實在不知道該怎麼回答他，於是只好馬虎的應付著：

「嗯，是……」

我話還沒說完，米克斯又問：

「『小哥』又是怎麼回事？」

「哎呀，你就先這樣接受吧！比起『米克斯大哥』，『米哥』聽起來好多啦！」我附在他的耳朵旁小聲的解釋。

「我實在搞不懂什麼叫做『米克斯大哥比米哥來的好聽』。我覺得小哥和米哥，唸起來都像是鴿子的名字。」

「反正，這件事我以後有機會再跟你說，你現在就暫時忍耐一下吧，米克斯。」

「既然你這麼說，那就這樣吧！」

米克斯接著說：「對了，我聽蕎麥麵店的三毛貓說有人在江戶川堤看見草裙舞，昨天有、前天也有，今天應該也會有，要不要去看看？」

「嗯，好啊，去吧，我們正想說去那裡散散步呢！」

於是，我們三個往江戶川堤走去。途中，阿里不停的喊著米哥，而米克斯，理所當然似的，就像一直以來他的名字就叫做米哥。雖然米克斯不知道是怎麼一回事，但他了解其中一定有原因，因此即使一直被叫米哥，他也不以為意。

米克斯一定是這麼想，所以才配合我的要求。這就是米克斯，我就喜歡他這一點。可多樂也常說：「那傢伙是個城市男孩，見過大風大浪。」

6

鐵軌橋「下」和鐵軌橋「底下」的草裙舞

在這一帶，季節更替最早的地方就是江戶川堤了。比如在大魔頭家的庭院裡，當你坐在池畔，望著綠葉顏色變深時，頂多會想，啊，春天就快要結束了。而當你來到江戶川堤，卻會看見夏草頂著熠熠陽光，發出哀號：「別晒我，別晒我，頭都給晒昏啦！」而堤防的斜坡更是草木茂盛。

當我們爬上江戶川堤，第

一個動作便是凝視對岸。

我若無其事的問道：

「阿里，你家在哪一帶？」

「我家不在河岸，市川很大，到處都可以是我家。從這裡望過去的河岸附近，都是我們的勢力範圍，偶爾會有人來巡邏。」

當阿里望向對岸時，臉上看不出有任何思念的表情。

東京都和千葉縣之間有好幾條鐵路相連著，其中最北邊的一條叫做常磐線。米克斯聽蕎麥麵店的三毛貓說，在常磐線前方的鐵軌橋下有人看見草裙舞，所以我們就跑來看看。可是到了這裡，壓根沒看到半個人跳舞，就連音樂也沒聽見。

「大概才早上，還沒開始吧！」我說。

「可是三毛貓說不管什麼時候都有啊！」

「米哥，您說的不管什麼時候，意思是說半夜也會有人跳舞嗎？」站在我身旁的阿里問。

「喔，我想應該沒人會在半夜跳舞吧！」米克斯說。

儘管如此，我的腦袋裡還是不由自主的浮出這樣的畫面：夜半，某個人在江戶川堤的鐵軌橋下跳草裙舞，感覺真陰森啊！

「唉，看不到也沒轍，到柴又的帝釋天（注1）走走，然後就回去吧！」米克斯說完就邁開步伐。

當我們爬上斜坡，走了幾十步路後，阿里突然從背後叫住了米克斯。

「米哥，那隻三毛貓是怎麼說的？」

米克斯停下腳步，回頭說：

「他說鐵軌橋底下有人在跳草裙舞。」

「他是說『有人在跳草裙舞』嗎？可是米哥，您剛剛明明是說『有人看見草裙舞』喔。」

「那有什麼不一樣？」

「嗯，您仔細想想，『跳草裙舞』和『有草裙舞』的意思很不一樣呢！」

「我想他是說『有草裙舞』沒錯。」米克斯想了一下才回答。

「嗯，所以您聽到的是『不管什麼時候在鐵軌橋底下都有草裙舞』。那我還有個問題，他是說『在鐵軌橋底下』呢？還是『在鐵軌橋下』？」

阿里喋喋不休的繼續追問，米克斯開始露出不耐煩的表情。

「這種小事就不用在意了吧，怎麼說還不都一樣嗎？」

「那不一樣。『在底下』和『在下面』意思差很多喔。『魔鬼就藏在細節裡，越小的事情就越要謹慎』，這是我大哥說的。」

阿里不肯罷休似的樣子，這會兒真的把米克斯給惹毛了。

「你那個大哥說什麼，不干我的事。雖然是我提議要來看草裙舞的，但也犯不著為了一句話被你這樣窮追猛打吧！你乾脆直接說：『是你說有草裙舞，我們才奉陪的，可是現在卻連個鬼影子也沒有！』」

因為米克斯這番挑釁的話，現場的火藥味已經無法只用「不高興」三個字來形容了。然而，阿里卻一派冷靜的說：

「我沒有什麼特別的意思，只是突然想到也許『有人』其實是『有』，而『在底下』其實是『在下面』而已。」

「啐！突然想到？」米克斯忿恨的說。

「沒事，只是隨便問問。」阿里說著，隨即往剛剛爬上來的斜坡走下去，我們也跟著下去。

突然，阿里在茂盛的草叢前停下來大叫著：

「快看……」

我們順著阿里指的方向望去，那裡似乎有個木製的箱子。

「我們靠近點去瞧瞧。」

阿里鑽進草叢，我和米克斯也跟了過去。

「就是這個，我剛剛就注意到了。」阿里說著，把右前腳搭在箱子上。

那是個像大型電視機般的五斗櫃，上面有好幾個小抽屜。

「是誰丟在這裡的呢？我家也有個像這樣的櫃子，是人類專門用來把小東西分開收納的櫃子。」

相對於阿里的悠哉，米克斯顯得不耐煩又焦躁。他罕見的大吼道：

「人類愛把什麼東西丟在什麼地方，那是人類的自由。但是，這個像小櫃子一樣的箱子，到底跟草裙舞有什麼關係？」

阿里看了米克斯一眼，視線再度落到小箱子上。

「這個東西正確的名稱是『船用保險櫃』，以前是專門放在船上用的保險箱。」

船用保險櫃？

該不會三毛貓嘴裡的「草裙舞」，其實是「船用保險櫃」？

(注2) 而「在鐵軌橋底下」其實是「在鐵軌橋下」？

而「鐵軌橋下一直都有草裙舞」，其實是指「鐵軌橋下有個船用保險櫃」的意思？

剛剛阿里問的不正是這個意思嗎？或許三毛貓的意思其實是這樣。

「啐！這個混蛋！竟敢耍我！明明是鐵軌橋下，故意說成鐵軌橋底下。我們走，回去給他點顏色瞧瞧！」米克斯生氣的說。

米克斯這樣的態度還真是少見，一點也不像他的調調。那家蕎麥麵店的三毛貓向來有「廣播電臺」的外號，喜歡到處宣傳八

卦。三毛貓可能是把自己聽到的，一字不漏的轉述給米克斯吧！如果他真的存心想騙人，就不會是這麼點小把戲了。

老實說，我和那隻三毛貓並沒有交情，可是米克斯和他可是好兄弟，不至於開這種玩笑。這種惡作劇式的玩笑反而是米克斯的偏好。而且如果有人對他惡作劇，米克斯還會用另一個惡作劇回敬對方。這也是為什麼可多樂會說他是城市男孩的原因之一。

「算了啦，米克斯，就到此為止吧！看在今天天氣這麼好的分上，而且我們也見識過這個所謂的『船用保險櫃』是何方神聖，也算是上了一課。」

我試圖緩和氣氛，米克斯卻只是「嗯」了一聲，就轉過身去默默爬上斜坡。然而，他沒有往帝釋天的方向，而是朝剛來的方向走去。

就這樣，我和阿里並肩走著，米克斯則在前方和我們保持一段距離，一路沉默不語。

途中，阿里為了避免讓米克斯聽見，小小聲的問我：

「米哥一直都是這種脾氣嗎？」

「沒有，他很少這樣鬧脾氣。」

「這樣啊……」這次，阿里終於只簡短回應了一句，就沒再搭腔。

在不愉快的氣氛中，我們不知不覺的加快了腳步。當我們經過可多樂住過的那家獸醫院附近時，突然有個聲音從水泥磚牆上傳來，呼喊米克斯。

「米克斯！」

是一隻我不認識的灰色母貓，之前好像在哪裡見過。她身上有像西瓜一樣的黑色條紋。

米克斯停下腳步，抬頭看了一眼，隨即對我和阿里說：

「我先走嘍！小魯，我有話對她說……」

「有話對她說？可是，她到底是……是誰呀？」

我的話還沒問完，阿里就從後面用鼻子輕輕頂了頂我說：

「我們走吧！」

「可、可是……」

我抬頭看著那隻母貓，阿里又用鼻頭推推我，小聲的說：

「好了，不要杵在這裡了，走吧，我們先回去，我肚子有點

餓了。」

聽阿里這麼一說，我突然也覺得餓了起來。

阿里一直從後面催促我，於是我只好跟米克斯說：「那我們先走啦！」然後便朝日野先生家走去。

一路上，阿里痴痴的笑著說：「原來是這樣啊，米哥心情煩躁的原因就是那個啊！」

「哪個？」

「就是剛剛看到的那隻條紋貓

啊！」

「剛剛那隻條紋貓？」

「沒錯，就是那隻貓。這也難怪啦，現在是戀愛的季節嘛！」

「戀愛的季節？那是什麼意思？」

「哎呀，您是真不知道還假不知道啊？公貓戀愛的時候，通常都很容易心浮氣躁啊！小哥，您沒有過這種經驗嗎？」

「什麼經驗？」

「就是忐忑不安的經驗啊！那種在戀愛的時候，喜歡上一隻母貓時會有的感覺啊！」

「怎麼個喜歡法？」

「怎麼喜歡？就是……」

阿里說到一半，突然無奈的搖搖頭說：「唉，算了算了，說到鬍鬚打結您也不懂。」然後，他話鋒一轉，話題回到那隻條紋母貓身上。

「話說回來，雖然只隔一條河，但東京真的是與眾不同啊！沒想到會在圍牆上看到像那樣的母貓！」

「像那樣的母貓……市川沒有母貓嗎？」

聽到我這麼問，阿里頓時愣住，接著嘆了一口氣說：

「如果市川的貓全都是公貓的話，過不了多久，就會連一隻貓也沒有了。我的意思是，那隻母貓是美國短毛貓，是有血統證明書的，照理說應該不會在這一帶徘徊才對，他們通常只被養在家裡。換句話說，就是一種高貴的貓。」

專門被養在家裡的貓，這個我曾聽說過。而「美國短毛貓」我以前也在一本圖鑑裡看過，難怪我有似曾相識的感覺。今天算是頭一回親眼見識到。

不過，那種事我一點也不在乎。和阿里談話的過程中，我越想越氣。我在想，如果米克斯真的喜歡那隻貓的話，可以大大方方的向我介紹啊，而米克斯竟然說：「我先走嘍！小魯，我有話對她說……」

這究竟是什麼意思？他應該像我介紹阿里給他認識一樣，介紹那隻母貓給我認識才對。

我是這樣覺得啦！

注1：柴又的帝釋天：位於日本東京都葛飾區的日蓮宗寺院。正式名稱是「經榮山題經寺」，因電影《男人眞命苦》聲名大噪，至今遊客依舊絡繹不絕。

注2：「船用保險櫃」的日文發音和「草裙舞」的發音近似，只有一音之差。

7

前來賠罪的米克斯和許多鴿子的地方

隔天，吃過早餐後，我和阿里跑去神社香油錢箱前的階梯上打盹，這時米克斯朝我們走了過來。

「嗨，小魯，昨天為了一點無聊的小事亂發脾氣，還遷怒你們，真不好意思。」米克斯一臉抱歉。

「昨天，在獸醫院附近遇到的那隻貓，是我的女朋友。下次向你們好好介紹。昨天你們走了以後，她跟我說：『你為什麼不把我介紹給他們認識？』我反省了一下，我確實太失禮了。」

米克斯這番賠罪，讓我心情好多了。

「別說這個了，她叫什麼名字？從哪裡來的？是美國短毛貓吧？有血統證明書嗎？」我接二連三的提出疑問。

「她的名字叫小雪，是獸醫家養的貓，是有血統證明書的美國短毛貓。怎樣？這樣回答到你所有的問題了嗎？」米克斯也連珠炮似的回答我。

「她原本就住在獸醫院裡嗎？」我繼續問道。

「不是，她是最近才被獸醫收養的。聽說她來這裡之前，是住在一個有錢人家裡。」

「哪裡的有錢人家？」

「這我也問過她，但是她沒有詳細的告訴過我，我也沒有一直喋喋不休的追問。」

「如果你把她介紹給可多樂，他肯定也會喜歡。」

「我也這麼想，畢竟模樣長得很可愛嘛！」

「不是，我說可多樂會喜歡她，不是因為她可愛，而是因為她是『美國短毛貓』。最近可多

樂正在學英語，他可是很喜歡美國的。」我說。

「我說你呀，虎哥對貓的品種是不會在意的。老實說，你雖然算是個聰明的傢伙，可是有時候卻傻傻的搞不清楚狀況。」

一旁的阿里也點頭表示贊同。

「的確是這樣沒錯，我也覺得像小哥這樣，能夠想到魔鬼也想不到的計謀，打敗大魔頭那樣的狠角色，可說是智勇雙全。不過恕我說句失禮的話，有時候我也忍不住懷疑小哥您的智商，您竟然認為貓妖大人是鬼不是神！」

「貓妖大人又是什麼東西？」米克斯歪著頭問。

「沒、沒什麼，這個話題就到此為止吧！關於貓妖大人，還是少說為妙，說得不對會被懲罰的。」阿里慌張的小聲說道。

「你這話到底是什麼意思？」

「沒有，沒什麼特別的意思。」

「真是個古怪的傢伙。」

「我想現在不是討論我怪不怪的問題，而是小哥吧？」

「也對……」米克斯轉頭朝我看過來。

「小魯，說回我上次跟你提的那件事……」

「哪件事？」

「就是鴿子啊！」

「喔，鴿子。鴿子怎麼了？」

「我還是想抓抓看鴿子。」

如果你看過旅遊節目或者地方特色介紹，就會知道，很多寺廟和神社的廣場都會有許多鴿子停留。偏偏我們待的這個神社，通常只有兩、三隻鴿子。對我而言，跟麻雀比起來，我實在對鴿子沒什麼興趣。以我們貓族的說法，所謂有沒有興趣，是指看到了會不會想抓來吃。而這陣子，就算是麻雀，我也興趣缺缺。

「這裡本來就沒幾隻鴿子，想要抓的話，就得到鴿子多的地方去。」我隨口一說。

沒想到，米克斯當真興致勃勃的說：「沒錯，就是這樣，到滿滿都是鴿子的地方去！我正想試試呢，一起去吧！」

「要去也可以，問題是，去哪裡呢？」

「淺草啊！」米克斯毫不猶豫的說。

「淺草？」阿里拉高嗓門說，接著轉頭問我：「淺草也是小哥和虎大的地盤嗎？」

說到地盤，其實我根本沒興趣，但是這一帶確實可以說是可多樂的地盤。不過我根本不知道淺草在哪裡，我想那裡應該不是可多樂的地盤。

「我想淺草那個地方不是可多樂的地盤。」我對阿里說。

「那淺草在哪裡呢？」阿里問。

「我只知道淺草算是東京的老街。雖然這裡也算是東京的老街，但淺草應該距離這裡很遠。」米克斯回答。

「你怎麼知道離這裡很遠？」

「因為我家主人從市川到柴又的帝釋天，都是開車子去的，而到淺草的話就會搭電車。我家主人很喜歡帝釋天啊和觀世音這些的，常常會去。」

「如果是必須搭電車的路程，那麼要是走路去的話，可有得走了。但是，既然都是東京的老街，應該也不會太遠才對。只要米克斯一句話，我就奉陪到底。什麼時候去都可以，不過今天不行喔，我要先去找日野先生家的地圖，把那個叫淺草的地理位置弄清楚。真要去的話，明天一早出發吧！」我說。

「不用急著今天去，我們也不需要地圖。」米克斯說。

「不需要地圖？你的意思是說你知道路嗎？」

「就算不知道路，也有辦法去。」

「難不成，有順風車可以搭？」

「不是，只有我們去，而且是搭電車。」

我大吃了一驚。以為自己聽錯了什麼。我的耳朵聽到的是「電車」兩個字，但米克斯說的，會不會是其他的意思呢？

「米克斯，你剛剛是說『搭電車去』，對嗎？」我向他確認。

米克斯點點頭說：「沒錯，我們就搭電車去淺草。」

我是坐貨車從岐阜來到東京的，也曾坐貨車回去岐阜。至於電車，我一次也沒坐過。我想米克斯一定很討厭貨車這種東西。

「電車……」我一時語塞，說不出話來。

8

無法放回去的書和兩個關卡

米克斯之前曾經聽到店裡的客人和他主人的對話，知道淺草這個地方有許多鴿子，所以才會邀我一起去。

可是我實在不明白為什麼米克斯那麼想抓鴿子，就算冒著坐電車被抓的風險也要去？於是我忍不住問他。

但米克斯只回答我說：

「就像我之前說過的，就是想吃吃看。」

不管怎樣，我回到日野先生家以後，就到書房書架的最下層，找到一本叫做《東京下町導覽》的書。我用力把它抽出來，翻到淺草的頁面。根據這本書裡記載，淺草有一間寺廟叫做淺草寺，裡頭的觀世音很有名。

說到這個，有一天我在日野先生家，聽到他對幫傭婆婆說：「我不在的時候，書房裡的書可能會從書架上掉下來。如果你看見了，就把它歸回原位。可能是阿虎那些貓兒們淘氣幹的，我是不介意，你看見了也別罵他們。」

我和可多樂常看書的事，我想日野先生一定知道，因為我們只會把書抽出來，沒辦法把它好好的放回去。

好了，總之，我從《東京下町導覽》這本書裡知道了去淺草的方法。從附近的車站搭電車過去，經過九站就會到。書裡還說，到了車站，車票的自動販賣機上會有路線圖，可以確認要去的地點。另外，我又找到一本叫做《東京二十三區道路地圖》的書。書上說淺草是屬於「台東區」。它還說，如果你無法搭乘電車，可以走哪一條替代道路來回，為了慎重起見，我仔細的看了又看。

就這樣，我們決定隔天出發去淺草。

不過，出發之前，又有個問題冒出來。阿里對米克斯說：

「淺草觀世音寺裡的鴿子，說起來也算是觀世音的弟子不是嗎？如果真是這樣，抓那裡的鴿子，不會有問題嗎？搞不好會遭到懲罰喔！」

「懲罰？貓抓鴿子是天經地義的事，為什麼要受罰？而且，我又沒有逼你去。」

聽到米克斯這麼說，阿里立刻接話：「不、不要這樣啦，米哥，這麼難得的經驗，就讓我一起去吧！」說完，阿里悄悄的靠近我說：「小哥，我也要去啦。如果米哥真的要抓觀世音寺的鴿子，我一定要阻止他。我覺得抓寺廟裡的鴿子實在不太好，我不讓他抓，也是為他好啦！」

「放心，反正他也抓不到。米克斯連麻雀都抓不到了，何況是鴿子。讓他試個幾次，一直抓不到，他就會放棄的。」我這麼跟阿里說。

於是，隔天早上，我們等交通尖峰時刻結束，搭電車的人潮減少後，就出發前往附近的車站。我們貓咪不必排隊過剪票口，要去月臺，只消輕輕一跳就成了。

對了，由於阿里一直跟在我們身旁，所以他稱呼我和米克斯為「小哥」、「米哥」這件事，我始終沒機會跟米克斯解釋清楚。不過，米克斯似乎對「米哥」這個稱呼已經非常習慣了。

到了月臺，阿里說：

「米哥，想到要坐電車，我的心臟就撲通撲通跳個不停。這是我第一次坐電車呢！」

「就是啊，雖然早有心理準備，可是真的到了這一刻，還是會有點緊張。」

米克斯回答得很順口，好像他打從娘胎出來就叫做「米哥」。

電車分成兩個終點，所以必須確認清楚來車是往哪個方向，以免搭錯車。第一輛電車是往淺草的反方向，所以我們就先藏身在月臺的長椅下，略過這輛電車。

下一輛是特快車，不會停靠我們這一站。

儘管尖峰時間已過，車站裡還是有人。而且從剛剛開始，旁邊商店裡的婆婆就一直不時的瞄我們一眼。

早知道應該先看過時刻表再來，當初不該以為電車有很多班，隨時都能坐上車，就沒有準備。

一個媽媽帶著一個讀幼兒園年紀的小女孩。小女孩指著我們說：「媽咪，那裡有三隻貓咪耶，他們也要坐電車嗎？」

我們吃了一驚。

正當媽媽回答女孩時，月臺的廣播聲響起。我們要搭的電車終於來了。電車一共有八節車廂，我們移動到大約第二節車廂停靠的位置。

不一會兒，南下的方向出現了一輛銀色列車，「嗚——」的一聲，駛進月臺，然後慢慢減速，最後停下來。

嘰嘰嘰……

就像空氣從哪裡洩漏出來似的，「嘎」的一聲，門打開了。

我們走向無人上下車的車門，我躍過月臺和電車間的間隙上了車，米克斯和阿里也跟著跳進來。

這是第一道關卡。

如果在跳上車的那一刻被車掌發現了，該怎麼辦？一般的通勤電車，車掌會坐在最後一節車廂。關於這個常識，《鐵道圖鑑》裡有寫。其實就算不看圖鑑，只要在車站附近眺望列車，也可以清楚的知道。所以我們盡量從前面的車廂上車，這樣就不容易被車掌發現。這是我的作戰計畫。

而且，這部電車一共有八節車廂，萬一我們在跳上車的時候被車掌看見，他也不至於為了趕走貓還特意跑過來。

我打的就是這個主意。

前一天晚上，我向他們說明作戰計畫時，阿里說：「說得也是，如果我是車掌，就算我發現貓上了車，也會假裝沒看見，放他過去。之後如果發生什麼問題，只要打哈哈的說：『哎呀！剛剛沒注意到有貓上車呢！』就可以蒙混過關。」

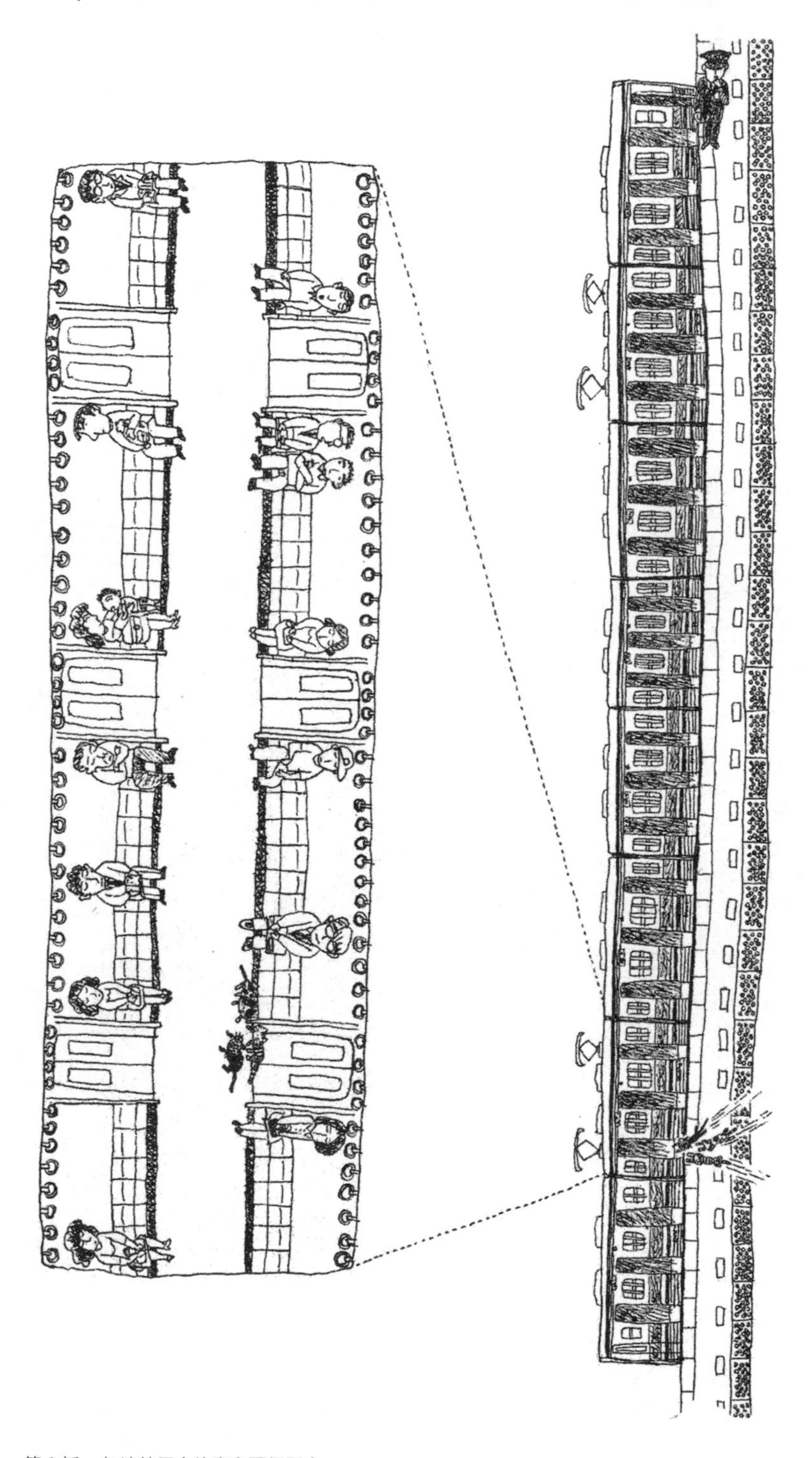

米克斯也附和說道：「沒錯，要是像獅子或者大型狗坐上電車，很難用『沒注意到』為理由蒙混過去。何況我家主人也說過，日本鐵道局最引以為傲的，就是他們的零事故，以及準時這兩件事。如果因為發現我們上了車而趕來追捕，不就會延遲發車時間嗎？」

嘰嘰嘰……

門關起來了，我們算是過了第一關。現在即使車掌發現我們跳上車，也不可能冒險延後發車了。

電車輕輕的搖晃了一下，就開動了。

由於我們三個都不是第一次搭乘交通工具，都曾搭過貨車，所以經驗老道的知道要叉開四肢，避免跌倒。和貨車相比，電車的搖晃程度算是比較輕微的。

「沒想到這麼順利。」阿里靠著我的耳畔說。

我點點頭，看了看四周。

從現在開始，將進入第二道關卡。

我們出現在電車上，也許會造成乘客的騷動。

一、二、三……

首先，我開始數車廂裡有多少名乘客。

……十二、十三、十四、十五。

我們這節車廂，一共有十五名乘客。如果你曾實際算過電車上的人數，就會知道，一節車廂十五個人，是非常空蕩的。

不久後，電車停靠在第一站。我們這節車廂的門打開，上來了一位老伯，老伯在門旁邊的位置坐下，朝我們這邊望過來。

電車馬上就啟動了，似乎只有老伯看見我們，其他人都沒發現。老伯瞪大眼睛看著我們，不知道是不是打算等車掌來的時候舉發我們。不過，車掌始終沒有來這節車廂。

總之，我們已經做好最壞的打算，如果情況真的不對，不管三七二十一，等下一站到了，先下車再說。

不一會兒，電車慢慢減速，在第二站停了下來。

老伯起身，急急忙忙的跳下車。我想他應該是要去通知站務人員他發現我們的事吧！

「大事不妙！」米克斯說道。

我們早有心理準備，只要一看情形不對，就在中途下車，然後再找機會上車，這樣反覆的上上下下，直到抵達淺草。不過，我衷心希望能夠一次達陣。

不久，關門的鈴聲響了，車子要啟動了。

可能是老伯沒有找到站務人員，否則就是站務人員沒看見他，老伯又上車了。

車門關上，電車開了。

老伯沒坐到座位上，反而朝我們這邊走來。

該來的還是會來，我們早有心理準備。

老伯從車廂尾走來，我們則慢慢朝前一節車廂走去。不久，我們來到車廂與車廂間的交接處，通道門關上了。

看樣子，我們被逼到絕境了。

老伯站在以人類來說約三步遠的地方說：

「這下該怎麼辦好呢？你們這些小傢伙，搭電車可是到不了家的喔！」老伯一邊說，一邊蹲了下來。

雖然他聽起來不像有什麼惡意，但不管是善意還是惡意，我們都不想被打擾。

就在老伯蹲到我們旁邊的那一剎那，我小聲的喊：「快

跑！」然後冷不防的跳開，從老伯旁邊逃之夭夭。

「哎喲！」老伯叫出聲往後一倒，雙手著地。

等他穩住身體回頭看我的那一瞬間，米克斯和阿里也跟著跑過他身邊。

老伯搖搖晃晃的站起來。

「啊，原來是貓啊！」

「貓為什麼要搭電車呢？」

隨著耳畔響起的疑問聲，我們跑向這節車廂的最尾端。

我們搭的這班列車是普通車，每站都會停靠。列車快到下一站了，我們打算下車。

電車慢慢的減速。

問題來了，到了下一站，老伯會怎麼做呢？

「如果老伯在下一站下車，而且沒有再上車的話，我們就繼續搭這班列車去。如果老伯沒下車，我們就下車。就這麼辦吧！」我說。

米克斯沉默的點點頭，阿里則說：「雖然我聽不太明白，但是小哥下車，我就下車；小哥不下車，我就不下車。」

9

比貨車更為驚險的電車和隧道裡的車站

老伯在下一站下車了。他下車後就沒有再上車。這一站，我們這節車廂下去了兩個人、上來五個人。從剛剛就一直在車上的乘客，全都目不轉睛的看著我們，連後來上車的人也看著我們說：

「啊，有貓咪耶！」

「小哥，每個人都在看我們耶！我們為什麼不在上一站下車呢？」阿里問。

「因為我想要盡可能多坐一站，如果老伯剛剛沒下車，我們要在車上玩躲貓貓的話，我就會想下車；可是老伯下車了，混亂的場面暫時解決，我們至少可以再往下搭一站。」

這時候，米克斯喃喃的說：「那個老傢伙不知道會怎麼做？」

「他下車後應該會去告訴站務人員說車上有貓吧！」

「如果真是這樣的話，那會怎麼樣？」

「我想，站務人員一定會通知下一站，或下下一站的人。」

「然後呢？」

「那麼，站務人員就會在某一站上車來。他們會帶著像捕蟲網一樣的東西。」

「雖然我有自信不會被那玩意兒抓到，可是我討厭在電車裡狼狽的跑來跑去。」

「我也是呢，米克斯，我們就先在下一站下車吧！」

就在我跟米克斯談論的時候，電車已經到了下一站。我們一口氣跳出敞開的大門，跑到月臺上。

大概是一站的時間不夠讓他們聯絡好吧，一個站務人員也沒來，就像什麼事都沒有發生過一樣，電車啟動了。

電車駛出車站後，月臺上沒有任何乘客的影子，也沒有站務人員。雖然如此，我們為了安全起見，還是躲在長椅下。

「待會兒下一輛列車來了不要馬上上車，等過了四、五輛之後再上車比較保險。」我說。

米克斯點點頭，然後恨恨的說：「要不是那老頭子多事，也許我們就可以直達淺草了。」

「哎呀，算了啦，這種事早在預料之中的。而且說不定那個老伯沒有惡意，只是以為我們是可憐的『迷途貓咪』。」

「什麼叫做沒有惡意？」米克斯瞪了我一眼，隨即將目光轉向對面的月臺，嘀咕的說：「不是沒有惡意就可以做任何事，不管有沒有惡意，造成別人的困擾就是不對。」

最近的米克斯，只要有任何風吹草動都會發上一頓脾氣。難道這也是「戀愛的季節」造成的嗎？

正當我思考著這件事的時候，阿里說：

「哎呀，米哥，別氣了啦！我們這可是一趟快樂的郊遊，不是嗎？如果您一直這樣鬧脾氣，小哥會很為難的喔！小哥可是因為您說想吃鴿子，才陪您一起來的。」

米克斯垂下頭來，點了點頭，然後對我說：「說得也是，小魯，對不起……」

「這沒什麼啦！比起這個，電車裡的恐怖事件才真教人不敢領教呢！總而言之，電車比貨車來得驚險多了。」

「沒錯。至少在貨車裡，不會有追兵。」阿里附和說。

然而，這時我卻想起當初我來到東京的因緣。那時因為被魚店老闆沿路追趕，而跳上了貨車的載貨臺。當時的我，是被追捕而坐上車；現在，同樣是為了躲避追捕，卻下了車。

我還在岐阜的時候，經常到那間魚店偷柳葉魚吃。放在白色保麗龍盤裡的柳葉魚，我叼了就跑。剛開始的時候都沒有被發現，直到那次，我肚子實在太餓了，叼了之後，當下就大快朵頤起來，所以才被逮著。我很喜歡那家店的魚，可是很討厭魚店老闆。他每次一看見有貓靠近店裡，就立刻潑撒碎冰塊。

那老闆雖然可惡，但現在想想，還挺懷念那段日子……

一回憶起故鄉，我腦袋裡浮現了……理惠，我的小主人。不知道她現在過得怎麼樣？

我一邊想著，一邊從長椅底下抬頭望向天空。這時，電車進站了。我們略過了這輛車，然後又目送走了三輛，直到第五輛車進站，我們才跳上車。

車內依舊空蕩。有幾名乘客注意到我們，一直盯著我們看，不過幸好沒有造成任何的騷動。

連續過了兩站，我們都沒有被任何人追趕。我們就蹲在靠門旁邊的座位底下。可是好景不常，在尚未抵達下一站之前，發生了狀況。

電車開始減速，準備進入隧道。而下一個停靠站，竟然位在隧道裡！

米克斯和阿里似乎被這突如其來的狀況嚇到了。

是的，沒錯！原本行走在地面上的「電車」，這會兒成了「地下鐵」。

也許《東京下町導覽》裡有寫這一段，而我卻漏看了。我不知道這條路線是這樣的走法。但我確實曾經在《鐵道圖鑑》裡看過原本行駛在地面上的電車，在中途轉成地下鐵。

電車進入隧道後，搭車的乘客變多了。

還有兩站就到淺草了。而就在淺草的前一站，乘客突然蜂擁進來。座位全都坐滿了人，還有些乘客站立著。男女都有，不過男人偏多。這些人大多穿著西裝、打著領帶。雖然人很多，但是沒有一個人對我們多管閒事，頂多就是瞥見我們，發出「啊！」的一聲驚

嘆，然後露出驚訝的表情而已。

廣播放送著轉乘的訊息，終於，淺草站到了。

我們跳下電車，跟隨人們的腳步，慢慢的走著。只要跟著下車的人潮，就一定能走到出口。

我們穿過剪票口，爬上階梯，來到地面。

也許是安心了，阿里嘆了一口氣說：

「想想剛才，車廂裡人那麼多，光是那些看見我們，眼角瞥了一下，然後裝作一副若無其事的人，都讓人夠心驚膽戰的了。」

在歷經了老伯事件後，米克斯十分贊同阿里的說法，他低聲說道：「是啊，沒錯。」

我也有同感。

10

巨大的燈籠與耳畔傳來的聲音

走出地下鐵的出口，我們來到地面上。浮現在眼前的，是一條寬闊的大馬路。大馬路直走到底，就是我們的目的地淺草寺了。

為什麼我會知道呢？我曾經在《東京下町導覽》看過一張介紹淺草寺的照片，上頭有個紅色的巨大燈籠，寫著「雷門」兩個黑色大字。從這裡朝對面街道望去，就可以看見。

我們混雜在人群裡，穿過人行道，來到巨大的燈籠底下。人潮擁擠，如果不當心點，什麼時候被踢飛出去都不知道。

大燈籠從寺廟大門上方垂吊下來，左右兩邊各有著雷神和風神的雕像。米克斯抬頭看了看燈籠，問我：

「小魯，那上頭寫著什麼？」

「雷門。」

「雷門？你說的是那兩個斗大的字吧！那個我知道，這門很有名。可是我問的不是燈籠上的字，是燈籠底下的字。」

米克斯問的那個，是一家電器公司的名稱。穿過燈籠底下，反面寫的是這家電器公司創辦人的名字。我讀了讀文字後，告訴米克斯：

「這個名人還曾經出過個人傳記喔！」
這時，阿里驚奇的說：
「原來如此啊！傳記裡居然也會介紹電器公司的創辦人，不愧是小哥，好有學問喔！」
我並沒有要搞笑的意思，只是「傳記」和「電器」(注)這兩個詞聽起來確實很像。
米克斯對於這個話題，好像並不在意，他只是微微的點點頭，然後嘆了一口氣說：
「這個人的名字我也聽過。這燈籠實在高得嚇人。世界上居然有電器公司的大老闆會捐贈這種東西……」
「你說『居然有』，是什麼意思？」我問米克斯。

阿里從旁邊插話說道：

「就是說啊，米哥，這實在是很奇怪。既然是做電器的，不是應該捐像是日光燈、探照燈之類的東西，或者是消耗一百萬瓦特電力、亮到嚇死人的燈具，不然至少也送個燈泡形狀的燈籠。」

我想像著一個巨大的燈泡燈籠垂吊下來的樣子，怎麼想都覺得奇怪。

而米克斯又重複剛剛的話，再次意味深長的說：

「世界上居然有電器公司的大老闆會捐贈這種東西……」

這時，人潮越來越多了，我們已經沒有辦法繼續站在原地談話。於是，我們朝著商店林立的廟宇街走去。

這裡什麼店都有：有賣仙貝、餅乾和饅頭等的食品店、傳統

金龍山
雷門

和服店、紀念品店、玩具店，甚至還有相機店，這已經不能叫廟宇街了，應該叫做商店街。

沿著這個近似商店街的長長街道一直走去，有個比剛剛那個還要大的門。走過這個門，迎面而來的就是淺草寺的正殿了。正殿的右手邊有棟販賣線香的建築物，有幾個女孩子正要走去買線香，旁邊還有一個超大的香爐，裡頭香煙裊裊。

阿里看見正殿立刻說：

「觀世音，不，觀音神就在那裡面。」

阿里剛說完，立刻聽到米克斯大聲吼著：

「有了、有了、有了，小魯你看、你看！」

我差點以為觀世音出現在這裡了呢！可是，米克斯嘴裡的

「有了」，並不是指觀世音，而是「鴿子」。正殿的左方，有幾十隻，不，或許應該說有上百隻鴿子。這一大群鴿子正在地面啄食著，他們邊走邊前後搖晃著脖子。

「走吧！小魯。」

正當米克斯朝鴿子聚集的地方走去時，我聽見從賣線香的建築物那裡傳來說話聲：

「啊，那隻貓，你們看！」

如果是東京腔，在這種人群雜沓的地方，我是不會注意到的。可是，這顯然和東京人會用的語言有點差別，這是我懷念的方言——岐阜的方言。

我立刻朝聲音的方向望去。剛剛那群買線香的女孩子映入我眼簾，她們每個人都手持一束點燃的線香。

下一秒鐘，我聽見其中一個人的說話聲，讓我不禁因驚嚇過度而呆住了。

「那隻貓好像理惠的貓喔！」

「是很像沒錯，可是我們家的小魯比較可愛！」回話的是女孩中個子最高的那個。

女孩們的對話，在我耳朵裡慢慢的迴蕩著。

「那・隻・貓・好・像・理・惠・的・貓・喔！」

「是・很・像・沒・錯，可・是・我・們・家・的・小・魯・比・較・可・愛。我——們——家——的——小——魯。我……們……家……的……小……魯……」

之後女孩們說了什麼，我已經聽不見了。與其說聽不見，不如說是聽不進耳朵裡。不過不管怎樣，可以確定的是，她們已經沒有在聊我的話題了。

為什麼我可以肯定呢？因為她們的目光已經不再朝向我。她們將線香插進大香爐後，就走上正殿的臺階。

我全身僵硬，動也不動的杵在原地。

米克斯擔心的看著我問：「小魯，怎麼了？你是不是看見什麼了？」

我沒有回答。

米克斯再次用稍微大一點的聲音問：

「小魯，怎麼了？你是不是看見什麼了？怎麼這種表情？」

他又再問我一遍，我費力的從喉嚨裡擠出兩個字：

「理惠……」

「什麼？」米克斯歪著頭納悶的問。

「理惠，我剛剛看見理惠了！」

這時，就像魔法被解除，我的身體可以動了。我立刻跑了起來，朝正殿的臺階奔去。

大約數秒，或者更長一點。短短的時間裡，正殿的人潮比我想像的還要多出許多，我被人類的腳包圍住了。

這裡是腳、那裡也是腳，到處都是腳。

黑色皮鞋、咖啡色皮鞋、綠色和白色的鞋後跟。

那些女孩，不，理惠穿什麼顏色的鞋子呢？

剛才我只瞄了一下子，並沒有什麼印象。

腳、腳、腳……

我就像奔跑在腳的森林裡。

女孩不只一個，總共有五個，所以應該一眼就可以發現。可是，現在映入眼簾的腳，都不是女孩的，而是男人或女人。

腳、腳、腳⋯⋯

就這樣，我失去了

理惠的蹤影。

注：「傳記」和「電器」的日文讀音幾乎一樣。

11

船用保險櫃的抽屜和里哥

去淺草的那天遇到理惠之後，我究竟做了些什麼，我已經不記得了。只記得我們是在夜深時候步行回家。

遇見理惠後已經過了兩天，這天從早上就開始下雨。我沒有回到日野先生家，一直待在神社地板下方。

早上，米克斯叼著一塊牛肉來找我。

「這是大魔頭給的，拿去

吃吧！」說完他放下牛肉，掉頭就走了。

有時，阿里也會跑過來對我說：

「我不是來監視您的！再怎麼說我也是貓質，一定要讓您看到我好好的待在這裡，沒有逃跑的樣子。」

我知道米克斯和阿里都很擔心我，但我一句話也不想說。

理惠為什麼會出現在那種地方呢？這是我的第一個疑惑。

我來東京的時候，理惠已經是小學五年級的學生了，現在應該已經七年級了吧！可是就算是七年級生，也還不到畢業旅行的時候啊！那到底是為什麼呢……

其實仔細想想，這件事一點也不重要，或許她只是和朋友到東京來旅行。

可是，那天不是星期天啊，怎麼會呢？

我又想，會不會是什麼紀念日？還是學校放假？

她是當天來回嗎？還是晚上寄宿在哪裡呢？這些無關緊要的問題不斷在我腦中盤旋。

不過，我會一直想著這個問題，或許是我打從心底不願意去想另一件更重要的事，就是理惠說的那句話：

「是很像沒錯，可是我們家的小魯比較可愛！」

從昨晚開始，我一直想著這句話。

對理惠來說，我已經不是那個「我們家的小魯」了。之前，我曾經回岐阜一次，看到理惠家有一隻黑色小貓，是比我晚出生，和我同一個媽媽的「弟弟」。

我在意的並不是我跟弟弟哪一個比較可愛。

那麼，問題究竟出在哪裡呢？

就是當理惠說「很像沒錯，可是我們家的小魯比較可愛」這句話的時候，是將「我們家的小魯」與誰相較，而那個「誰」，不用說，就是我自己！可是，對理惠來說，那天的我不但不是「我們家的小魯」，而且是一隻和她八竿子也打不著的黑貓！

總之，理惠是百分之百沒發現到我就是我！也許她壓根就不認為，我就是之前她養的那隻小魯。

和這件事比起來，理惠為什麼在這種時候出現在東京的問題，根本就無關緊要。

當我思索著理惠出現在東京的理由時，一個念頭曾經閃過我腦海——她會不會搬家了呢？不過，不可能是一群人一起搬家吧！雖說如此，但我總認為會在某個地方再次遇見理惠。

自從我上次回岐阜，看見家裡那隻新的小魯後，我就已經決定放棄岐阜，選擇留在東京。可是，我心裡還是期待能再和理惠見面。我真是打從心底討厭這樣猶豫不決的自己。

不過，還有令人更、更、更討厭的事。

就算我選擇的是東京、可多樂、米克斯還有大魔頭，而不是岐阜和理惠，但我絕對忘不了岐阜和理惠，而且，我想我會一輩子惦記在心裡頭。

那天我只看到站在賣線香建築物前的五個女孩，直到理惠說了那句「是很像沒錯，可是我們家的小魯比較可愛」，我才驚覺到那是理惠。

這是怎麼一回事呢？即使看見了，卻認不出來！

明明告訴自己要將過去放在心中不再去想，可是親眼見到時，卻還是無法忘懷。

我真是對自己厭煩透了。

之前，米克斯曾經對一個自己不認得，但對方卻熱情的用大鬍子磨蹭他的男人，感到厭惡不已。

米克斯之所以不認得那個男人，是因為之前見面時他的年紀還小。而大鬍子男人會記得米克斯，則是因為彼此認識的地點是在五金行。如果當初不是在五金行相遇，而是個完全不同的地方，或許大鬍子男人也不會認出那是米克斯了。

可是，這一點也無法安慰我。

因為重點不是大鬍子男人和米克斯，而是我和理惠。如果硬找一個說得過去的理由來解釋這件事的話，那就是現在七年級的理惠，和當年只有五年級的理惠已經有很大的差別。不管是身材還是臉蛋，都已經幾乎快要是大人的模樣了。除了外形改變，連聲音也像是成人了。

那麼從此以後，每當我想起理惠時，出現在腦海裡的，應該是五年級的理惠，還是前天那個手持線香的理惠呢？

就這樣，我陷入了猶豫不決的長思中。

夕陽西下了，米克斯再度來到我面前。

「怎麼？大魔頭給的肉還沒吃嗎？」米克斯看了看擱在一旁

的牛肉，關心的問。

「抱歉……」我抬起頭，嘴巴喃喃說著。

「既然覺得不好意思，那就多少吃一口吧！」他把牛肉啣到我的面前。

「喏，快吃吧！」

「我不太想吃……」我一邊說，一邊閉上眼睛。這時，我的頭突然被揍了一拳。

「不要再這樣磨磨蹭蹭了！」

當我睜開眼睛，出現了米克斯盛怒的臉龐。

「不管怎樣，你給我好好起來，把肉給吃了！」

「知道了啦，你也用不著動手吧……」我一邊嘀咕，一邊坐起身子，把肉放進嘴裡。

照理說，在這種氣氛下，即使是吃著牛肉，應該也不會覺得美味才對，可是此時我卻覺得這牛肉還真好吃。也許是因為從前天開始，都沒有吃半點東西的緣故吧！

我雖然有點討厭此時此刻還覺得牛肉好吃的自己，但我依然用爪子和嘴巴把肉撕碎，全部吃光了。可是，就在吃完這唯一的

一塊肉之後，肚子卻反而餓了起來。

看我用舌頭舔著嘴邊的餘味，米克斯說話了。

「沒錯，你這個樣子就對了。理惠又不是死了，而且，雖然很短暫，你不也和她重逢了嗎？這樣不是很好嗎？」

這時，我看見一張從外面窺探神社地板下方的臉。是阿里。

「就是說啊！您能遇見理惠，也是神明的指引啦！」

原來阿里跟著米克斯一起來了，他也鑽進神社地板下方。

「嗯，我說小哥，您也該回日野先生家了吧！那個幫傭婆婆老是叨唸著您，說不只虎大、連小哥也沒回來，很擔心您呢！」

雖然要不要這樣磨磨蹭蹭下去是我的自由，但我也知道這樣讓大家太過擔心實在不好。

於是我說：「嗯，知道了。」

就在那一瞬間，我腦海中掠過了一樣東西。

為什麼這樣東西會浮現在腦海裡呢？我不知道。那個東西就是河堤鐵軌橋下的「船用保險櫃」。阿里說那是人類用來分裝小物件的櫃子。

難道我的心就像那個櫃子嗎？

不知道為什麼，總覺得就是那樣。

我一定是把理惠鎖在我心裡那個小小的抽屜裡了，偶爾因為懷念而想起理惠。只是，現實裡的理惠已經慢慢的成長，和抽屜裡的理惠完全不同了。我就把在淺草見到的理惠，放在另外的抽屜裡吧！一個和五年級的理惠完全不同的抽屜。

我再次把理惠重新放進心裡的船用保險櫃。

可是，即使如此，對於沒能一眼就認出理惠這件事，我還是無法釋懷。不管了，就把這個問題原封不動的放進抽屜吧！一直想這想那的，只會讓米克斯、大魔頭，還有阿里擔心而已。

我從神社地板下面爬出來，米克斯和阿里也跟著出來。

我往日野先生家的方向走，米

克斯和我並肩走著，阿里則隔了一點距離跟著。

「小魯，你是不是跟阿里胡扯什麼在岐阜，稱呼偉大的人都要縮短名字？」米克斯小聲的問道，我點了點頭。

「你幹麼要這樣胡說八道？」

「他原本要叫我『小魯大哥』，如果這樣，還不如叫『小哥』來得好吧！」

「你被叫『小哥』還挺不錯的，哪像我被叫『米哥』，『米哥』耶！」

「瞧你說成這樣，其實你很喜歡米哥這個名字對吧？」

「哎呀，就隨便他啦！」

我們兩個小聲的交頭接耳，一副神祕兮兮的樣子。背後傳來阿里的聲音：

「你們兩個窸窸窣窣的在說什麼啊？米哥。」

「你看，他又那樣叫我了，我看你就老實說了吧！那傢伙再怎麼說也是我們的朋友呀！」米克斯停下腳步朝阿里看去。

「沒什麼，我們沒有在窸窸窣窣什麼，里哥。」

「里哥？你叫我『里哥』？哎呀，太害臊了，人家還沒有資格被叫『里哥』啦！」

阿里笑盈盈的說著，小跑步趕上我們。

事情演變成這樣，不是更難說出實情了嗎？

不過，還是應該要向阿里說實話，打從我們三個一起搭電車前往淺草開始，阿里就不再是我們的貓質，就像米克斯說的，他和我還有米克斯已經是朋友了。

當我抬頭時，發現雨不知道什麼時候已經停了，西邊的天空染上了一整片夕陽紅。

12

淺草的歸途和水泥牆上的小雪

對了，想知道我們是怎麼從淺草寺回來的嗎？關於這件事，我只能模糊的說個大概。

老實說，我根本記不得，都是後來聽米克斯說的。總之，那時的我滿腦子都是理惠，只記得我在淺草寺裡東奔西跑，除此之外，我什麼印象也沒有。

那時候，我眼睛充滿血絲的在寺廟裡胡亂奔跑，好幾次

米克斯和阿里都失去了我的蹤跡。對了，關於「眼睛充滿血絲」這句話，是米克斯說的，至於那究竟是一個什麼樣的狀況，我根本不知道。

話說回來，不只跳躍是我的強項，我對跑步也很在行，這個我很有自信。

「在那種地方還跑那麼快，也該顧慮一下我們吧！託你的福，有好幾次我們都跟丟了。好不容易才在寺廟的販賣部找到你，那時候太陽

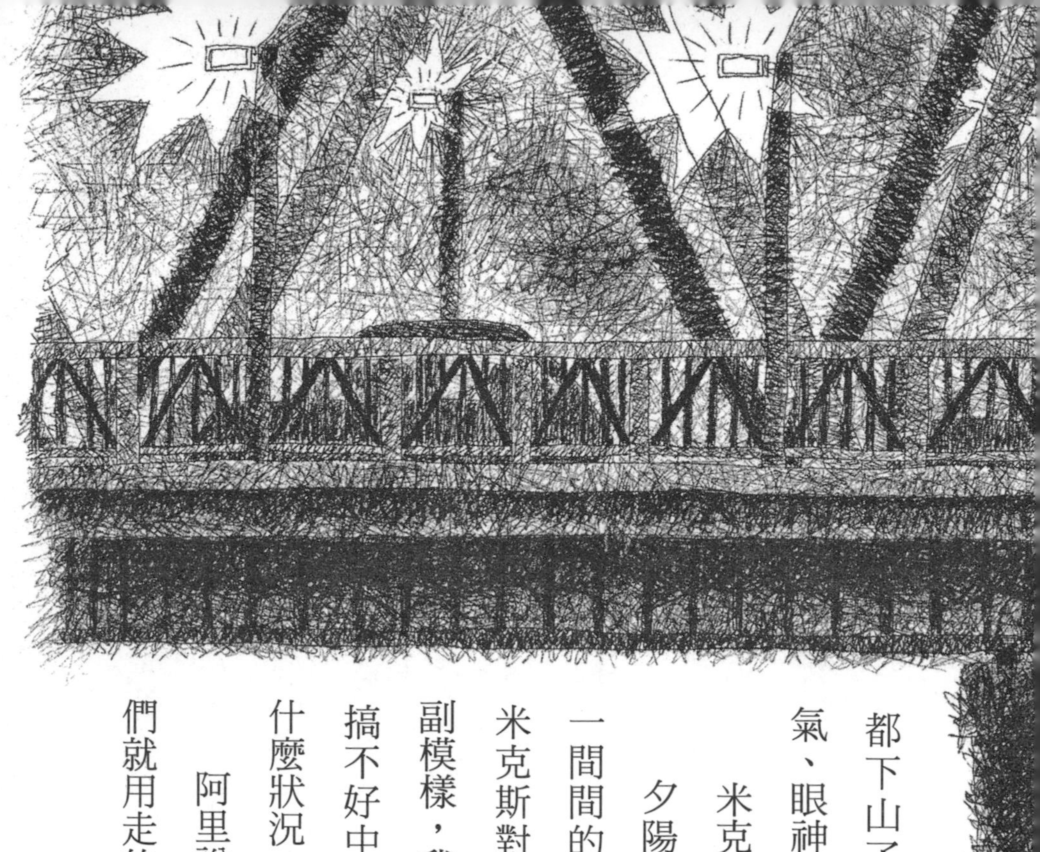

都下山了。你看起來一副垂頭喪氣、眼神呆滯的樣子。」

米克斯描述了當時的狀況。

夕陽西下，整個商店街的商店一間間的打烊，人潮也漸漸散去，米克斯對阿里說：「看小魯現在這副模樣，我們是不能搭電車回去了，搞不好中途會像來的時候一樣，出什麼狀況。」

阿里說：「您說得有道理。那我們就用走的回去吧！電車是由東往西行駛的，只要往東走，一定能到家的。」

雖然不知道用走的要花多少時間，但他們還是決定走回家。米克斯打頭陣，我像夾心餅乾一樣走在中間，阿里則殿後。

米克斯說我們中途經過了好幾座橋。看看地圖就知道，我們住的地方和淺草寺中間隔了好幾條河川，有隅田川、荒川、中川等。幸運的是，中途過河時，看見了和來時同樣顏色的電車經過鐵軌橋。米克斯和阿里選擇了沿著鐵軌的路線走，好不容易才回到家。

「看著電車轟隆轟隆的走著，感覺速度飛快，但其實不是那麼一回事。搭電車都要花那麼久的時間了，更何況是走路回家，至少要花個三、四天。而且沒想到我不但沒有抓到鴿子，反而還學鴿子那樣回來，真是敗給自己了！」米克斯邊笑邊說。

所謂學鴿子那樣回來，當然不是指像鴿子一樣頭一伸一縮的走路，而是學「傳信鴿」的意思。因為傳信鴿不論去了多遠的地方，最終都能找到回巢的路。

等米克斯離開後，阿里和我提到鴿子的話題。

「小哥遇見以前的主人，然後又跟丟了，雖然這對您來說很遺憾，但對米哥來說卻可能是因禍得福啊！因為追著您到處跑，壓根沒時間抓鴿子。這樣就不會被觀世音，喔，不，是被觀音神懲罰了。」

他繼續喃喃自語著：「所有事冥冥中都有神明的指引……」

不管怎麼說，經過這次的淺草事件，我和阿里的情誼比之前更加緊密了。於是，我把我是如何從岐阜來到東京，以及之後所發生的事，全都告訴了阿里。

就這樣經過了一天又一天，不知不覺中，我已經從震驚的狀態中慢慢復原。然而，我又想起已經出發去市川十天的可多樂，仍舊還沒有回來。

這天的天氣晴朗無雲，我從神社回到日野先生家。有天早晨，我從日野先生家出來，朝商店街走去。這陣子，總是讓米克斯出來找我，我很少在商店街露面，我想我偶爾也該去看看他。

阿里到大魔頭家去玩了。

阿里和大魔頭出人意料的契合。有時當我疑惑著遍尋不著阿里的蹤跡時，就聽見隔壁庭院傳來阿里和大魔頭的笑聲。

我走向五金行，發現鐵捲門拉下來了！

咦，今天沒營業嗎？我一邊想，一邊繞到店後面。

通常米克斯要是在家的話，他會待在二樓，看著窗外。可是我抬頭看著二樓窗戶，卻只看見白色窗簾。

「米克斯！」我叫著，沒有半點回應。

「喂，米克斯，你在嗎？」我又喊了一次。還是沒有消息。

我又試了這個叫法：

「米哥！」

還是沒有回音。看來不只米克斯，就連他的主人以及其他家人都不在。

「怎麼搞的，都不在家……」我暗自嘀咕著，正打算回家。

就在這個時候，我突然靈光一閃……米克斯會不會到獸醫院去了呢？當然不是因為生了什麼病，我想他應該是去見小雪了。去找一個正在和女友見面的朋友，不是一隻有教養的貓該有的行為。可是，我真的很擔心，因為米克斯家的五金行很少會關門休息。

會不會發生什麼事了呢？

我心裡有不好的預感。這就是所謂的「動物第六感」吧！

我來到獸醫院附近，看見小雪正坐在水泥磚牆上，那個她一直以來坐著的老位置。每隻貓咪大抵都有一個自己喜歡的位置。以我來說，我偏好的位置是神社香油錢箱前的階梯。

我走到磚牆下，呼喚小雪。

「嘿！」

「嗨！」她回答，並問我：「你是魯道夫嗎？」

通常可多樂、米克斯、大魔頭都叫我「小魯」，阿里叫我「小哥」，已經很久沒有聽到「魯道夫」這麼正式的稱呼了。

「嗯，你是小雪對吧！」我說。

小雪輕輕的點了頭，接著對我說：「你上來吧！」

我之前說過了，我很會跳躍，甚至連人類身高那樣高的磚牆，我都不必助跑，就能一躍而上。

我來到磚牆的正下方，如果光是彎腰，然後一下子用力往上跳，是行不通的。於是我伸出前腳，用爪子勾住牆壁，一口氣跳上去。

跳上牆後，我坐到小雪旁邊。她對我說：「你對跳躍這件事，真的很在行。」接著解釋：「米克斯之前有跟我說過。」

聽她提到米克斯，我立刻追問：「說到米克斯，你知道他去哪裡了嗎？我剛去五金行找他，沒找到耶！」

「他應該是去哪裡吃早餐了吧？」

我不太明白小雪的意思。米克斯是五金行的寵物貓，理當在五金行裡吃早餐不是嗎？怎麼會說去哪裡吃早餐，這不是很奇怪嗎？當然，他偶爾會到日野先生家吃貓餅乾，可是今天沒有。

「你是說吃早餐嗎？」我歪著頭納悶的問。

「是啊！」小雪一副理所當然口吻。

「為什麼？」

「你說『為什麼』？你也要吃早餐對吧？米克斯當然也要啊！難不成你以為米克斯不吃早餐嗎？」

這個女生說話的口氣還真傲慢啊……我一邊想一邊喃喃說著：「我不是這個意思……」

啾啾啾……啾啾啾……

電線桿上的麻雀啾啾叫著。

米克斯不在，這也沒辦法。

正當我起身準備離開，小雪叫住我：「難道你不知道嗎？」

我再度坐下來，看著她的臉問：「不知道什麼？」

「關於五金行的事啊！」

「五金行？你說米克斯家嗎？」

「是啊！」

「我剛去看，店是關著的。」

「是啊，他們關店了。」

「關店？可是現在還沒中午耶！」

「不是那個關店，是歇業！」

「歇業？那是什麼意思？」

「歇業就是歇業啊！米克斯家的五金行已經倒閉了。」

「你說倒閉是……」

「簡單來說就是破產啦！五金行一家三天前就搬去茨城了。」

「這不可能啊！我昨天才見到米克斯的啊！」

正當我不明所以的時候，下面傳來一個聲音。

「小魯，『朋友妻，不可戲』你不知道嗎？這樣是會破壞朋友的交情喔！」

是米克斯！米克斯抬頭對我笑著說。

為了證實小雪剛剛說的話，我向米克斯求證。

「喂，米克斯，你家的五金行是不是……」

這時，米克斯看著小雪說：

「你都告訴小魯了嗎？」

這句話間接證實了那件事……

「怎麼？不能說嗎？你連我都說了，我還以為你早就告訴魯道夫了呢！」

小雪的語氣聽起來很不高興，米克斯回道：「唉，算了，遲早都要說的。」

他轉身面對我，開口說：「小魯，要不要去那邊散散步？天氣很好呢！到江戶川堤去走走怎麼樣？」

「再見！」我向小雪簡短的道別後，就跳下了牆。

13

流浪貓還是寵物貓？

從江戶川堤往東邊看過去，太陽在河面反射出粼粼波光。河川對面是一座綠色山丘，山丘對面就是可多樂去的地方。

在我們走到江戶川堤以前，米克斯一句話也沒說，我也保持著沉默。我們來到江戶川堤，坐在鐵軌橋下陽光晒不到的草坪上。

這時，米克斯開口了。

「從很早以前就不好了。」

對於米克斯的話，我不知道該說些什麼，只好繼續保持沉默。米克斯接著說：

「最近不是到處都有像超市那樣的五金賣場嗎？就是那種叫『居家修繕中心』的店。雖然我沒去過，但聽說那裡賣的東西比我們家的五金行多很多。不僅東西多，價錢也便宜，還有大型的停車場，雖然地段偏遠，還是有很多人去光顧。所以像我們家這種傳統的五金行，就漸漸的門可羅雀了……」

米克斯話說到這裡便停下來，我覺得我應該說些什麼安慰他，但卻只能迸出：「這樣啊……」

這時，從某處傳來雲雀的叫聲。

米克斯久久沒有再開口，於是我問：

「然後呢？」

「然後？然後就倒閉啦！銀行的人來家裡對我家主人說：『趁著還沒有到造成致命傷的地步，把生意結束了吧！』我家主人考慮了很久，最後決定照銀行說的做。在生意結束的前十天，我家主人的口頭禪就變成：『趁著還沒有到造成致命傷的地步』。」

所謂的致命傷，就是足以讓一個人結束生命的傷害。究竟為什麼做生意會威脅到生命呢？我實在不了解。

「他說的致命傷是指什麼？」

「以做生意來比喻，就是欠的錢比擁有的財產多，負債已經大到無法承受的地步。就算是把家裡的房子、土地全賣了，也還不出向銀行借的錢，就連賺錢還債的能力也沒有。」

對於這種只有人類才會有的借貸行為，我們貓咪是很難理解的。不過，對於米克斯的主人為了「不到造成致命傷的地步」而結束生意這件事，我大概能夠理解。

「那他們全家以後要怎麼辦呢？」我問。

「他們回茨城的老家了。我家主人的叔叔年紀很大了，好像在茨城經營一座很大的農場。之前我不是跟你提過有個大鬍子男嗎？原來他就是叔叔的長子，也就是我家主人的堂哥，那次他就是來和我家主人談搬家的事。」

「那米克斯你呢？你怎麼辦？」

「什麼怎麼辦？」

「你不一起去茨城嗎？」我一邊問，心一邊撲通撲通的跳。

米克斯該不會也要一起去茨城吧……

沒想到米克斯一副理所當然的回答：

「不去啊！如果我去了，就不會出現在這裡了呀！早就跟著一道搬去茨城了。」

「五金行老闆沒說要帶你去嗎？」

「不是這樣的……」米克斯搖搖頭。

「雖然店一定得關，但他們沒有喪氣到連我都要放棄。他們為了我還特地花錢訂購一個可以裝得下我的籠子，要把我一起帶走。對於他們的心意，我是很感激的，更何況他們已經照顧我這麼久了。所以，在他們要把我裝進去時，我一邊掙扎著不肯就範，一邊心裡覺得很抱歉。」

「你逃跑的時候，主人沒有追出來嗎？」

「有啊！他要追出來的時候，被太太阻止了。她說：『貓咪是不跟隨人，而是跟隨房子的。他不想去，你硬要他去的話，他會很可憐的。』」

「嗯……」

我不由得要說，這完全是人類的偏見！撇開我和理惠的事不談，光是看可多樂和日野先生的關係就知道了。

「可是，那完全是謊言。」米克斯滴下淚來。

「沒錯！」

「我不是說『貓咪是不跟隨人，而是跟隨房子的』這句話不對，而是太太阻止主人的真正理由不是因為這個，是她壓根不想帶我一起去。應該說，是不能帶我一起去。」

「這是為什麼呢？」

「他們搬去茨城，並不是要住在叔叔的農場，而是要住在公寓裡。住公寓是不能養貓的。」

「可是，既然那樣，為什麼又要為了你準備籠子呢？」

「我家主人就是那樣的一個男

人，他認為只要把我帶到茨城去，事情一定有辦法解決。他就是那種個性，生意才會失敗。老是以為一定有辦法解決，結果還不是什麼事都做不成。」

這時，我想起了那時在雷門看著大燈籠的米克斯。

「世界上居然有電器公司的大老闆會捐贈這種東西……」

當時，米克斯曾經這麼說。他說話的時候，心裡應該是想著他家主人吧！

「原來如此啊……」我不由得喃喃自語起來。

米克斯接著說：「不過，我不希望你誤會。我不去，並不是因為考慮到主人的問題。就算是給我住有庭院的大豪宅，我也不會去的。因為我喜歡你、虎哥和大魔頭，也不討厭蕎麥麵店的那隻三毛貓。我喜歡這個地方。雖然被人類豢養確實很輕鬆，但那樣就非得配合人類生活不可。我已經厭倦了那種生活。」

「所以，你的意思是，你不當寵物貓了？」

「是的，沒錯。但話說回來，我也不會是流浪貓。」

米克斯站到我的正前方，繼續說道：

「小魯，雖然你很堅持貓有寵物貓和流浪貓的身分差別，但我覺得你的想法很奇怪。」

「什麼很奇怪？」

「你一定認為貓如果不是寵物貓就是流浪貓，如果兩者都不是，就是像你一樣的半寵物半流浪貓對吧？」

「嗯，沒錯。所以呢？」

「我覺得這樣的想法是不對的。我既不是寵物貓，也不是流浪貓，我就是貓。」

「我就是貓……」我在嘴裡喃喃重複著這句話。這句話——不對，是類似的話——我似乎在哪裡看過。

啊，對了，是可多樂看的那本英語繪本。上頭有句英文，翻譯後的意思是「我是男孩」。

我想起了那本書，於是我對米克斯說：

「米克斯你本來就是一隻貓，這不用說也知道啊！」

「這種不用說的事，才是真正的重要。」

「真正的重要？我不明白。」

「我的主人曾經是五金行老闆，可是生意結束後，他還是一個『人』，這是一輩子都無法改變的事實。」

「是這樣沒錯……」

「我在這個月裡，突然想通了很多事。就像阿里喊我『米哥』，剛開始我也覺得無法接受。可是後來仔細想想，無論阿里叫我『米克斯』或者叫我『米哥』，我就是我啊！我就是我，而且我就是一隻貓，這個事實永遠不會改變，也是最重要的。不管是寵物貓還是流浪貓，都好。」

「這樣啊……不管是寵物貓還是流浪貓，都好……」

「幹麼一副恍然大悟的樣子？你之前不是早就領悟到這一點了嗎？」

「可是我並沒有特別的感覺。」

「你早就領悟到了！」米克斯斬釘截鐵的說。

「就是因為你早就領悟到了，你才能夠自在的在神社裡睡覺，也能寄宿在日野先生家。我就是因為看到你的生存態度，才學到這個道理的。」

「我並沒有做什麼值得讓你學習的事情。」

「不，你的確做了值得我學習的事情。那我問你，你睡在神社的時候難道會想：『今晚我是流浪貓』；到日野先生家時又想：『現在開始我就是寵物貓』，你會像這樣每天改變想法嗎？」

「我沒有啊……」

「你看吧！不管是寵物貓還是流浪貓，你都覺得無所謂。你不只喜歡可多樂，也喜歡日野先生和幫傭婆婆，而且每天還有食

物可以吃，所以你才會去日野先生家。可是你也喜歡去神社，因為你覺得獨處的時候，自在又愉快。你喜歡香油錢箱前面的階梯，並不是因為你是流浪貓，而是因為你就是你，而你喜歡那裡。不論別人叫你魯道夫、小哥或小黑，你都不在意，因為你就是你。不論你叫什麼，你就是你。你非常了解你不是你以外的任何一隻貓。」

米克斯滔滔不絕的說著，我聽得都糊塗了。

我就是我，我不是我以外的任何一隻貓……這一點我的確很清楚，但這又代表什麼意思呢？

「我的確是這樣想，可是，這不是理所當然的嗎？」

我話一說完，米克斯立刻附和：

「沒錯，就是這樣。有時明明是理所當然的一件事，卻沒人發現這個道理。我不是寵物貓，也不是流浪貓，我就是貓！」

不管我是睡在神社裡，或是寄宿在日野先生家，都是我的自由意志。可是，這樣的我，究竟該被歸類為寵物貓、流浪貓還是半寵物半流浪貓？做這種定義的不是我自己，而是人類或者其他動物。所以，不管是寵物貓還是流浪貓，對我來說都不重要，重要的是：我就是我。

雖然不是百分之百明白，但我想米克斯說的大概就是這個意思吧！

我們抬頭仰望天空，沉默了半晌。

不久，米克斯開口說：

「最近我一直煩惱很多事，動不動就亂發脾氣，遷怒到你身上，真是對不起了，小魯。」

「這沒什麼啦！」我說。

這時，遠方又傳來雲雀的聲音。

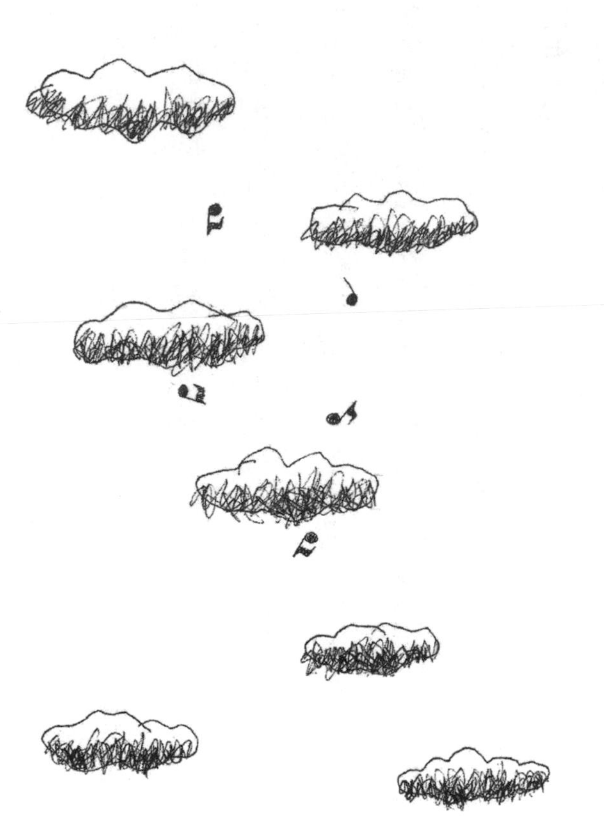

14

鴿子的測試和神社地板下睡覺的我

從江戶川堤回來的路上，米克斯突然想起了什麼。

「對了對了，那個鴿子啊！終於給我弄到手了！」

我驚訝的停下腳步問他：

「你說弄到手？是抓到，然後吃掉了？」

米克斯也停下腳步，笑著說：「只是抓到而已，我原本想要勒住鴿子的脖子，等他快窒息的時候，再一口咬住脖子，不過後來放棄了。我一鬆開，他就啪嗒啪嗒的飛走了。」

「嗯，所以到了最後，你還是沒吃啊！為什麼呢？」

「肚子不餓是一個原因，最重要的是，總算給我抓到了，這就夠啦！」

「為什麼不吃呢？」

「你問為什麼啊……」

米克斯邁出步伐，我也跟著走在他旁邊。

「老實說，小魯，我抓鴿子並不是為了吃。當我家主人決定要搬家的時候，我想了很多。雖然我不想再當一隻寵物貓了，但其實我沒什麼信心。我正在苦惱的時候，剛好看到窗外有鴿子在天上飛，於是我就決定了。」

「你決定不當寵物貓，要當一隻鴿子？」我問。

「什麼！」米克斯大叫一聲，停下腳步。

「開玩笑的啦！」

我一邊走，一邊說，米克斯隨即跟上前來。

「你說得不像是在開玩笑，聽起來像是認真的。」

「是嗎？」

「嗯。」

「所以，你究竟做了什麼決定？」

「我要給自己一個測試。」

「測試？」

「沒錯，測試。如果在五金行一家搬家之前，我能抓到鴿子，那我就放棄當一隻寵物貓。」

「所以你才會對抓鴿子這件事那麼執著？」

「沒錯！」

「可是，萬一你學不會抓鴿子，你打算怎麼辦？要跟著五金行一家搬到茨城去嗎？」

我看著米克斯，他搖搖頭說：

「不，就算真是那樣，我還是不會去茨城。」

「那這個測試就沒有意義啦！」

「自己給自己的測試就是這麼一回事。」

「是這樣嗎？」

「就是這樣！」

「話說回來，你是在哪裡抓到鴿子的？」

「那邊。」米克斯說。

他看過去的方向，正是小學的門口。

「小學操場？」

「對，你不是經常在那裡抓麻雀嗎？所以我想那裡也許會有鴿子。運氣還不錯，真的給我遇上了。」

「你是怎麼抓到的？」

「那是祕密。可是，如果要我再抓一次，我可就沒有自信能抓到了。」

「這樣啊！」

我們邊走邊聊，走到小學前面時，米克斯再次停下腳步。

「就到這裡吧，我還有事要忙。」

「有事？什麼事？」我也停下腳步。

「我要去抓麻雀。」

「那我也一起去。」

「你還是別跟來吧！唉，老實說，我不想讓你看啦！等我抓鳥技術夠好的時候，我們再一起去吧！要和你這種抓鳥達人比，我還要加把勁哩！」

米克斯說完，便走進了操場。

小學好像還沒有放學，一些像是小學一、二年級的孩子，正在操場的角落做體操，米克斯往這些孩子的對面角落走去。我在他身後叫道：

「米克斯！如果肚子餓的話，就來日野先生家吧！那裡一直會有食物的。你來的話，日野先生、幫傭婆婆還有可多樂，都會很歡迎你的！」

米克斯回頭，嘴巴似乎喃喃說著什麼，因為聲音太小，所以我聽不見。

那天夜裡，夜空晴朗。我在神社的地板下面睡著了。

15

前來的恰克和枕頭上的睡眠姿勢

已經五月下旬了，可多樂依然無消無息。某個晴朗的早晨，我和阿里正在神社香油錢箱前的階梯上打盹時，前方出現了恰克的身影。

阿里看見恰克從神社入口朝這邊走來，立刻起身大叫：

「啊！是恰克哥！」

阿里朝他跑去，我也坐起身來。

難道是可多樂發生了什麼

事嗎？我心中立即閃過這個念頭。

可是，看恰克和阿里談話的模樣，並不像是有什麼壞消息。恰克和阿里並肩走到我身邊，恰克開口說：

「好久不見了！小魯大哥。」

「你為什麼自己來？可多樂，不，虎哥呢？」

「嗯，我就是前來向您報告這件事的……」恰克回答。

自從可多樂前往市川，就和恰克以及附近的貓族們，四處尋找惡霸狗的蹤跡。而普拉多和臘腸狗阿丹從獸醫院出院後，普拉多也加入搜索惡霸狗的行動。可是不管怎麼找，始終沒有那傢伙的下落。

後來，有一隻貓咪說他看見一隻像是惡霸的狗，朝船橋的方向走去。如果惡霸狗真的往船橋去，市川就可以暫時脫離威脅，可是恰克認為，這樣並不能解決問題。不管怎麼樣，一定得逮到那個攻擊普拉多和阿丹的傢伙，而且普拉多也決心非復仇不可。

船橋和東京是相反方向，所以，我們住的街道算是在安全範圍內。若果真如此，那麼可多樂繼續留在市川的意義就不大了。可多樂會去市川，是為了在惡霸狗入侵東京之前，在河對岸先阻止他，但即使現在暫時解除警報，以可多樂的個性，他也不可能拍拍屁股就走。

「無論他去船橋或是逃到舊金山，只要那傢伙一直在外四處徘徊，對其他想要好好過日子的貓狗來說，終究無法高枕無憂。如果他認為他可以逃過本大爺——也就是『天下第一』虎哥老大

的追捕，那他就儘管逃吧！不管怎樣，我一定會追他到天涯海角。」

恰克轉述了可多樂的話。雖然或許不是百分之百原話，但我想大概和可多樂的意思相去不遠。會提到「舊金山」，確實符合喜愛美國的可多樂調調。可是對於「高枕無憂」這句話，究竟是不是可多樂說的，我很懷疑。為什麼我會懷疑呢？雖然不是很重要，但可多樂曾經對我說：

「你聽我說，小魯。人類時常做出許多令人費解的事。就拿睡枕頭這件事來說吧，基本上枕頭是個好東西，睡在軟綿綿的枕頭上，能夠睡得很舒服。可奇怪的是，人類只把頭枕在上面，這樣睡的時候，脖子的姿勢就會變得很奇怪，他們起床的時候難道背脊不痛嗎？」

當然啦，「高枕無憂」應該是代表睡得舒服的意思，可是，人類把枕頭墊高了，就能睡得舒適嗎？這就未必了吧！

恰克陳述完可多樂的話以後，又說：

「總之，就是因為這個原因，虎哥老大和普拉多大哥就這樣一起朝船橋出發去了。而我現在也要立刻回去，趕上虎哥老大和我大哥。」

「可是，你特地來這裡一趟，好歹也到日野先生家吃吃貓罐頭再走吧！」我建議說。

恰克卻婉拒我。

「非常感謝您的邀請，可是現在已經沒有太多時間了，我還是先告辭吧！貓質阿里就麻煩您多多照顧了，小魯大哥。」

恰克話一說完，掉頭就走。

我和阿里站在神社入口目送他離去。

直到恰克的身影消失在我們眼前，阿里才不好意思的問：

「小哥，我是不是有點太胖了呢？」

我看了看阿里。

「喔，這該怎麼說呢，我看不出來……」

「是恰克哥剛剛說的，他說我太胖了，而且毛色也變漂亮了。都是因為日野先生家的貓食太高級，不知不覺就吃太多了。還有那個幫傭婆婆，她每次一看見我，就抓我過去梳毛，我實在不太喜歡那個叫做梳子的東西。可是婆婆這麼照顧我，我也不好意思拒絕她的好意。如果要說我的毛色變漂亮了，那都得怪那把梳子……」

阿里這傢伙，他的兩個哥哥正為了尋找惡霸狗的蹤影四處奔波，而他卻只在乎自己變胖、毛變漂亮的問題。

「可是，里哥，如果你在這裡的期間變瘦了，或者毛色變差了，那我才會沒臉見你的哥哥們呢！我想，恰克看見你變胖、毛色變漂亮，應該會很安心吧！」我說。

「好像是這樣沒錯……」阿里喃喃的說，然後話鋒一轉：「對了，說到這個，米哥最近相貌不同了喔！身材也變苗條很多。不是瘦了，而是肌肉變得緊實了！」

這時我突然大叫一聲：「啊！」

阿里嚇了一大跳，眼睛睜得老大：

「怎麼了嗎？為什麼突然大叫？」

「我忘了說米克斯的事，應該要請恰克轉達米克斯已經不是寵物貓這件事才對。」

關於米克斯的事，阿里已經從米克斯自己的口中得知了。

「就這件事嗎？我覺得還是不要說比較好。如果說出來，虎哥老大，不，是虎大恐怕會很擔心，有些事不說可能好一點。」

聽阿里這麼一說，我也覺得有理。

現在要做的，就是把可多樂往船橋去的消息，告訴米克斯和大魔頭。

「喂，里哥，我要去一下日野先生家。這些事大魔頭還不知道，或許米克斯現在會在大魔頭家。麻煩你留守在這裡，我不在的時候，如果米克斯來了，就請你把剛剛的消息告訴他。」

說完，我便獨自往日野先生家走去。

就在我離開神社，走在住宅區狹窄的路上時，我看見一個咖啡色的東西從前面走來。

那個東西不是貓，比貓來得大多了，就連可多樂也沒有這麼龐大。

那是狗……

而且腿非常修長！

在我們這條街上，很少會看見沒有主人帶著的狗獨自遛達。

我本能的停下腳步。

那隻狗朝著我的方向走來。

他低著頭走著，下顎差一點就要貼到地面了。

他不像是在散步，倒像是在尋找什麼東西。

這時，他猛的一抬頭，和我

四目相接。

他停下腳步，不一會兒，邁開了步伐朝我這邊走來。

我左右看了看地勢，右邊是水泥牆，左邊是鐵欄杆，欄杆的另一側是一個庭院。

如果那隻狗襲擊我的話……

我是要朝來的方向逃走？翻過右邊的水泥牆？還是從鐵欄杆的縫隙鑽進庭院裡呢？

我立刻選擇了第二條路。因為如果我向後逃跑，那隻狗肯定會追上來。而鐵欄杆的高度太低，他一跳就可以跳過來。

我屏氣凝神，讓身體靠近水泥牆，擺好跳躍姿勢。

狗越來越逼近了。

撲通、撲通、撲通……

我心跳加速，連自己都可以聽得見。

在這狹窄的街道上，那隻狗沿著鐵欄杆向我正面走來。

如果狀況不對，我就立刻跳上磚牆。可是他壓根兒沒有看我一眼，只是筆直的往前走著。

又更接近了，如果那隻狗現在向我襲來，我已經來不及逃了。恐怕在我跳上牆之前，就被吞下肚了吧！可是，那隻狗似乎無視我的存在，若無其事的從我身旁經過。

如果是平常沒運動的狗，走路時長長的爪子會刮到水泥地面，發出喀嚓、喀嚓的聲音。

但這隻狗走路時就像貓咪一樣靜悄悄。

我目送著他的背影，他連一次也沒有回頭。

「啊……」我小聲的叫出來。

如果他一直往前走，應該會走到神社吧！

阿里還在神社裡！

雖然那隻狗沒對我做出什麼事，但如果對象換成阿里，那可就不一定了。而且，就算對方對阿里視而不見，也不保證阿里不會主動出擊。

那隻狗身材短胖，但卻有著修長的腿，非常不相稱。重點是，我一看到那張臉我就知道他是誰了。

那隻長腳鬥牛犬就是長得像他那個樣子。

這附近的惡霸狗本來就不多，況且，像這種身形的惡霸狗沒理由到處都是。

他一定就是那隻可多樂他們正在追捕的惡霸狗！

走另一條路到神社，應該可以捷足先登。

正當我暗自決定時，那隻狗卻彎過了街角。

他似乎不是要去神社。

那他究竟要去哪裡呢？

我決定暫時不去知會阿里，就跟在他的後頭走。

16

偷窺庭院的狗和牆上奔跑的貓

惡霸狗行走的路線非常的不可思議，他並非一直往前直走，有時向右轉，有時又向左轉。而且，向右轉彎後，一定不會接著向左轉。有時會連續向右轉彎兩次，或者連續向左轉彎兩次，但就是不會連續向同一個方向轉彎三次。

他有時會停下腳步，窺探某個庭院，尾隨在後的我也跟著停下來，望進庭院。只要是他停下來看的庭院裡，都一定有養狗，不過，他並沒有因此闖入院子裡。

有一個院子，和道路中間隔著矮籬笆，院子裡的小狗正在睡午覺。惡霸只是朝小狗稍微瞄了一眼，並沒有進入院子攻擊他。籬笆很輕易的就可以越過，況且，庭院裡一個人也沒有，如果他存心襲擊，應該輕而易舉。

他到底在盤算什麼呢？

那一瞬間，我突然想到，也許他不是那隻惡霸狗，只是迷了路而已。

不過，他沒有戴項圈。

不久，惡霸狗穿越商店街，轉了一個彎。再往前就會走到獸醫院了。從他剛剛與我擦身而過的地點來說，他繞了好大一圈。

他朝獸醫院的方向彎了過去。隔一會兒，我也彎過去。原本以為他會在很前頭，但他卻在離我以狗來說二十步遠的地方停下來，望著獸醫院的水泥牆。

我也順著他的目光望去。

牆上有一隻貓，是小雪！

惡霸狗和小雪所在的地方，差不多相隔有五輛小客車的距離。事實上，這條路上稀稀落落的停了三輛車。

我在街角停下來。

剎那間，惡霸狗以迅雷不及掩耳的速度，朝小雪衝過去。

我大吃一驚，放聲大喊：

「小雪！有狗！快逃！趕快逃！」

小雪朝這邊看過來。雖然她已經注意到狗的存在，但似乎沒有察覺到即將面臨的危險。

「小雪！趕快翻到水泥牆後面，進去獸醫的家！」

小雪的嘴角蠕動了一下。雖然不知道她說了什麼，但看來她知道我的意思，轉身翻到了水泥牆後面。然而，此時惡霸狗已經來到小雪待的水泥牆正下方。

惡霸狗一縱身，跳過了水泥牆。

我朝惡霸狗消失的方向追去。

我聽見水泥牆後面傳來巨大的鐵罐傾倒聲。

我跳上水泥牆，往下一看，惡霸狗就站在牆的後面，但沒看到小雪的蹤影。

太好了，小雪應該順利逃脫了。

大概是發現我跳上牆，惡霸狗朝我走來，嘴巴露出獠牙，對我發出一聲低吼：

「你小子是誰？」

我嚥了嚥口水，緩緩的回答：「我是魯道夫。」然後我又自然的吐出：「不要在這一帶撒野！」

「你說『不要撒野』？」

「沒錯！還有，你是誰？」

「哼……」

惡霸狗只用鼻子哼了一聲，什麼都沒說。

於是我又問了一次。

「你是誰？報上名來！」

「真愚蠢啊……」惡霸狗露出邪惡的笑容。

如果是初來乍到時的我，那麼此刻或許我會會錯意的說：

「喔，真是稀奇啊大叔，你叫『真愚蠢啊』？」

經過這些年的歷練，現在的我已經不會再說這種蠢話了，不會真的以為他的名字叫「真愚蠢啊」。不過，我仍然盡可能用認真的口氣說：

「『真愚蠢啊』還真是個古怪的名字。真愚蠢，我知道是腦袋不靈光的意思，可是『啊』這個字我就不太明白了，是在讚嘆你的愚蠢程度無人能及嗎？」

「你這臭小子，我覺得你不只想找麻煩，還想找架打是嗎？」

惡霸狗說完，往前邁了一步。他現在所站的位置是在獸醫院的院子裡。小小的草坪上有一些花壇。

雖然我認為小雪此時應該已經安然無恙，或許正躲在哪裡，但為了確保她能夠全身而退，我必須想盡辦法把惡霸狗的目標轉移到我身上。

「真是有趣啊……」

當惡霸狗高深莫測的笑著說話時，獸醫家二樓窗戶的裡面，有個灰色的影子在移動。

一定是小雪，她逃到房子裡頭了。

如果真是那樣，剩下就看我的了。

我在牆上緩緩的倒退。

惡霸狗也跟著我開始移動。

我迅速回頭，然後開始在牆上奔跑。以這牆的寬度，我們貓咪走在上頭是綽綽有餘，可是對狗來說就會有點吃力了。

惡霸狗越過水泥牆，跳到馬路旁，沿著水泥牆短暫的追了我一下。我在牆上奔跑著，然後從獸醫院隔壁的廚房房簷跳上一樓屋頂，順利揚長而去。

17

歸來的阿里和我的靈光一閃

我第一件事就是回到神社找阿里。

好巧不巧，米克斯居然也在神社。我穿過神社入口，朝他們兩個跑去。

米克斯一看見我就大叫：「喂，小魯，我聽說了。虎哥往船橋的方向去，短時間內都不會回來了。真是令人寂寞啊！」

他開玩笑的說著。然而，

當他看清楚匆匆跑來的我，似乎立刻意識到情況非同小可。

我走到米克斯身旁，他低聲問：

「看來現在不是開玩笑的好時機。怎麼？發生什麼事了？」

我把今天遇到的情況原原本本的描述了一遍。

「那個混帳惡霸！不過話說回來，今天要不是小魯你，小雪不知道會變成怎樣？真是謝了，小魯，你是小雪的救命恩人。」

米克斯起身似乎要去做什麼。

「你要上哪去，米克斯？」我問。

米克斯鼓脹著臉說：

「那還用說！我要去找那個傢伙，好好教訓他！」

「還是算了吧，米克斯。那樣的龐然大物，我們是拿他沒辦法的，就算是可多樂也……」

「也可能贏不了他。」我原本想這麼說，但話到嘴邊還是吞了下去。雖然這麼說或許對可多樂大不敬，但我深深覺得，和那樣的狗打架，就算是可多樂，勝算也不大。

「那你說怎麼辦呢？小魯，難不成就這樣放他不管嗎？」

這時，阿里走到我們旁邊。

「那個……」他開口說。

「那個……我想，是不是由我去通知虎大，還有我的哥哥們比較好呢？」

米克斯立刻表示贊成：

「對，沒錯，就是這樣。不管怎麼樣，都得通知虎哥。」

我當然也贊成。

「如果是由我和米克斯去市川的話，我想我們不知要上哪找大夥兒才好。真不好意思，可能要麻煩阿里，不，要麻煩里哥跑一趟了。」

「可是，我還是貓質……」

「都到這個節骨眼了，再說那些已經沒有意義啦！這個任務非你不可！」

聽米克斯這麼說，阿里轉頭看看我。

「那就拜託你了，里哥，請你去幫忙通知他們吧！」我再次拜託他。

「真是的，如果恰克哥能晚半天來就好了。」阿里自言自語著，然後對我和米克斯說：「就這樣吧！可是即便我到了市川，大夥兒應該都已經向船橋出發了，四處打聽也是需要時間，不能保證很快就能找到他們。況且把大家找齊了再帶回來這裡，至少需要花個兩、三天。」

我跟著惡霸狗在街上四處遊蕩，花了比我想像中還要長的時間。等我們三個決定好計畫，阿里出發時，早就過了下午，夕陽也已經開始西下。

目前看來，待在神社很危險，所以我和米克斯決定回到日野先生家去。一路上，米克斯好幾次說道：

「真是不懂，那傢伙遇上你的時候都沒什麼動作，可是為什麼單單看見小雪就興起攻擊的動機呢？而且，他對其他院子裡的寵物狗也沒有出手啊……」

米克斯納悶不已。

我們一回到日野先生家，便繞過院子籬笆去找大魔頭。

聽完了我的描述後，大魔頭說：

「那個小雪我沒有見過，我是不知道啦！但再怎麼漂亮也是隻貓吧！那傢伙看樣子應該是隻公狗，公狗追母貓，這事還真妙，讓人摸不著頭緒……」

然後，大魔頭轉向我說：

「可是，事到如今，我想，你也成為那隻狗的目標之一了。現在開始，你還是少在外頭遊蕩，好好待在日野先生家或者我身邊吧！」

我也打算如此。

過了一會兒，米克斯說：

「我有點擔心，我去小雪那裡看看情況。」

說完便出發去了，等到夕陽完全西下，他才回來。

「小雪果然受到很大的驚嚇，她要我跟你道謝。我要她在那隻惡霸狗消失之前，不要再到外面來。」米克斯說。

我心裡一直掛念著一件事，趁現在天色完全暗下來，我打算出去一趟，可是米克斯阻止我：

「你要去哪裡，小魯？現在出去外面很危險。」

「我想去看樣東西。」

「看樣東西？什麼東西？」

「去看那隻狗白天偷窺過的人家。那些人家家裡都有養狗，我想去看看都是些什麼狗。」

「看了又怎樣？」

「去看看，也許能發現什麼線索也說不定。」

「這附近有哪些狗，不必親自去看我也知道，你告訴我是哪些人家，我詳細說給你聽。」

「嗯，首先是……」

於是我開始一戶戶形容惡霸狗窺探過的人家。

「喔，那個啊，那是林田先生家的『百吉』，深褐色的、毛很長對吧？是隻公狗，不太吃餅乾類的狗食。」

「那隻的話是岡村先生家還在念小學的孩子飼養的母狗，叫

『小餅乾』。比起肉，她比較喜歡吃魚。」

「嗯，那是平山先生家的公狗。叫做……嗯叫……喔，對啦，我記得他叫『信平』。明明是隻狗，可是卻喜歡吃胡蘿蔔，你相信嗎？」

米克斯就這樣一一向我敘述那些狗的性別，以及喜好的食物。

「可是米克斯，雖然我不知

道為什麼，但你好像對這一帶的狗如數家珍啊！」我說。

米克斯很驕傲的說：

「那是當然的啦！我還在五金行裡當寵物貓時，就和這一帶的狗是好哥兒們了。雖然那些傢伙的主人每天都會帶他們出去散步個一、兩次，但他們對這鎮上的事還是了解有限。所以每次我去找他們聊天時，他們都很開心。像那隻蕎麥麵店的三毛貓，雖然常跟大夥兒說些有的沒的，但很多都是加油添醋來的。能和這些狗做朋友，真的很棒。去找他們玩的時候，他們還會分食物給我吃呢！」

然而，就算知道了這些狗的性別，以及喜好的食物以後，還是察覺不出什麼線索。

「我還是得親自去看看。」

我起身準備出去，米克斯說：

「如果你堅持，那我也一起去，我實在不放心你單獨行動。」

接下來他又自言自語的說：

「可是話說回來，我們剛剛說的那些狗全都是混種狗，不像大魔頭那樣有血統證明書的狗。就算有，也會被養在家裡……」

聽米克斯這麼一說，我突然靈光一閃。

像大魔頭那樣有血統證明書的狗？那阿里家的阿丹呢……對了，他是有血統證明書的臘腸狗！而小雪也是有血統證明書的美國短毛貓！

沒錯！就是這樣！雖然阿丹是隻公狗，小雪是隻母貓，但他們有一個共通點，就是有血統證明書！也就是說，他們都是純種的狗或貓。

「沒錯，就是這樣！」

我大叫一聲，米克斯嚇得閃到我身後。

「幹麼突然這麼大聲，是要嚇死我嗎？什麼事啦？」

「雖然不知道為什麼，但那傢伙攻擊的目標，就是有血統證明書的動物！」我對米克斯說。

18

惡霸的攻擊目標與「幫忙」、「依靠」的不同

就好比在人類中，有些沒教養的人會說「黑貓不吉利」的話。

我討厭那種人類。我討厭他們的原因，不單是因為我是黑色的貓。我想米克斯會和小雪交往，也不是因為她是有血統證明書的美國短毛貓。

有沒有血統證明書？是混種或是純種動物？會由這個來判斷是否要飼養寵物的人類，

是沒有教養的人。只挑純種血統的動物飼養，其實是人類的自由，我沒有說話的餘地。對這種沒有教養的人類，就隨他們去吧！可是這次的事件，我卻無法視而不見。

對方只是因為目標是純種狗貓，便下毒手。

不過，我也不能因此就說：「這樣的話，和我們這些混種狗貓就無關了！」

因為以血統來區分動物，還把這個作為挑釁攻擊的標準，對於這種卑劣的傢伙，我是絕對不能原諒的。

這就是我的想法。而且假使可多樂在這裡的話，他一定也跟我一樣。

照阿里臨走前所說的，要帶可多樂他們回到這裡，最快也要花個兩、三天。

雖然說並不常見，但這鎮上並非完全沒有擁有血統證明書的貓或狗，眼前的大魔頭就是一隻純種的鬥牛犬。依照米克斯的說法，或許有些純種的貓或狗被飼養在家裡。而這些貓狗或許偶爾也會到院子來遛達。

如果是像大魔頭這種有能力保護自己的還好。可是被飼養在家中的小狗，或者像小雪那樣的貓，一旦被那個惡霸狗攻擊，根本就沒有活命的機會。

我到底要不要在可多樂回來之前，都待在日野先生家裡或大魔頭旁邊呢？

答案是：不！

既然知道對方專找有血統證明的純種動物下手，那樣就沒有必要親自去看這附近的所有狗了。但是，今晚的我根本無法入眠，而跟我同樣無法成眠的，還有米克斯。

躺在我身旁的米克斯一直翻來覆去，沒多久，他突然站了起來，小聲的喃喃自語：

「那傢伙怎麼想都不可原諒啊……」

我也坐起身子說：

「米克斯你也這麼想對吧？」

「那是當然的，那混帳竟然想對小雪下手……如果我不好好教訓他，絕對嚥不下這口氣。雖然我也想等到虎哥回來才動手，但我覺得那樣太慢了！」

「我也這麼覺得。我們也不必非得依靠可多樂不可。」
「就是說啊！」
「沒錯！」
「那麼，要動手嗎？」
「要！」
「你有什麼好方法？」米克斯問。
老實說，我已經想過該如何作戰了。如果撇開可多樂，光憑我和米克斯，要正面迎戰那傢伙，幾乎沒有任何勝算。
「嗯，我想過。我們需要大魔頭的幫忙。」
「請大魔頭來幫忙，取代可多樂？不就變成是我們依靠大魔頭了嗎？」

我對他搖搖頭。

「依靠和幫忙是兩回事。所謂『依靠』是不讓自己經歷危險，而靠他人幫助；而『幫忙』則是讓自己也同樣經歷危險。」

「原來如此，那麼我們要採取什麼作戰計畫呢？」

「首先，我們要分頭去找那傢伙在哪裡，如果發現他的話……」

我將作戰策略告訴米克斯。

米克斯聽完後點點頭。

「嗯，是個不錯的策略，不知道那傢伙會不會中計？不過，我覺得我們分頭去找那傢伙似乎不太對，因為我從來沒看過他的長相，但你不同。如果我們兩個一起去找，一旦找到了，就能馬上行動。」

我同意米克斯的想法。

於是我們來到大魔頭家。我們先到狗屋看看，大魔頭不在裡頭。我們又跑到池畔，他在那裡睡覺。

我把他叫起來，跟他說了關於那隻惡霸狗把純種動物當攻擊目標的事，並說明了我立下的作戰計畫。

「我當然沒問題，這場戰

役我是非參加不可。但是要你們兩個投入這麼危險的戰局，恐怕……」大魔頭一臉憂心忡忡，可是，看到我和米克斯戰鬥到底的決心，他說：「既然這樣，那就出發去吧！」

他又傳授我們一些祕訣。

「或許你們貓咪也一樣，對我們狗來說，一旦慌了手腳，嗅覺就會變得不靈敏。雖然這不是什麼光明磊落的手段，但是，為了讓對方無法冷靜的判斷情況，可以盡量說一些他非常在意的事來擾亂他。」

「嗯，了解。就這麼辦吧！」我說。

大魔頭接著說：

「對這種傢伙來說，最能讓他失去理智的話，就是……」

他話說到一半，就被我打斷。

「我知道啦，話點到為止就好。雖然我知道大魔頭你不會這樣想，但我也不想從你口中聽到那樣的話。」

「是嗎？那好，我也不想在你們面前說出那樣的話。那麼，你們就小心上路吧！」

我和米克斯躍過了大魔頭家的牆，來到馬路上。

19

我的作戰計畫和頭頂捲髮器的飼主太太

國中旁有一座附設游泳池的公園。我和米克斯徹夜搜尋，終於在天快亮的時候，在公園的長椅下發現一隻正在睡覺的狗。

離長椅稍微有點距離的地方，有棵粗壯的樹幹，我們躲在樹蔭底下看了一下那隻狗。

「你確定是那傢伙沒錯嗎？」米克斯問。

「長椅底下有點暗，雖然

不是百分之百確定，但應該是他沒錯，而且，大概沒有狗會睡在公園裡。」

我腦袋裡浮現從公園通往日野先生家的路。

現在的問題是，要走哪條路、怎麼走，才能在屋簷和牆上順利的奔跑呢？

在那個街角向右轉、然後左轉……我和米克斯討論著待會兒的逃跑路線。

等我們確定好了路線，便肩並肩，朝長椅走去。

那隻狗似乎察覺了我們的到來，他抬起頭。

「睡醒啦！流浪惡霸狗……」

說話的是米克斯。米克斯本身是不贊同寵物貓和流浪貓的說法，他會這麼說，應該是為了激怒那隻狗吧！一旦被激怒了，就會失去冷靜的判斷力。

那隻狗從長椅下出來後，馬上直起身來，瞪著米克斯。

「你小子是誰？」

「我是誰？哼，像你這種混種狗沒資格知道我的名字！」

「你說什麼……」狗喃喃說著，然後朝我這邊看過來。

「欸，你不是白天那個……」

「你總算發現啦？難怪你的名字叫『真愚蠢啊』，發現得這麼晚。人家說流浪狗的腦袋不好，真是不假呀！」

「你、你說什麼？你再說一遍……」

惡霸狗說完，下一刻便朝我們追過來。

我和米克斯左右分開逃跑。

惡霸狗朝我追來了，光聽腳步聲就知道。我跑向公園出口附近的大樹，爬了上去。

我抓緊大小剛好的樹枝，低頭往下看。

惡霸狗抬頭看著我大吼：

「快給我下來！」

我默不作聲，向下俯視著，接下來就看米克斯的了。

從路的另一頭傳來米克斯的聲音：

「真是沒用的傢伙。還好你不是純種波音達獵犬，不然早被你追上了。」

惡霸狗看了看路的那一頭，然後又看向我，最後決定衝向米克斯的方向。

「笨蛋，我在這裡！」

米克斯的聲音越來越遠。

我趕緊跳下樹來。

奔跑的路線我們早就規劃好了。我彎過第一個轉角後，聽見了惡霸狗的聲音。

「你這傢伙，給我下來！」

雖然沒看見，但我想米克斯現在應該是爬到屋頂上了。這會兒沒聽見米克斯的聲音，惡霸狗抬頭看著屋頂。

我趁著惡霸狗尋找米克斯的時候，先一步到達下一個街角，從電線桿後露出臉來。

現在輪到我了。

「果然是混種狗！鼻子真不管用，連這裡有貓都聞不出來。」

我大聲的說，惡霸狗轉頭看向我。緩慢的朝我前進，又追了過來。

我沿著路筆直的奔跑，在轉過一個街角的地方，有棟正在興建的小房子。

我跑向那房子。

惡霸狗緊追在後。

他的呼吸聲越來越大。

我眼看著就要撞上房子

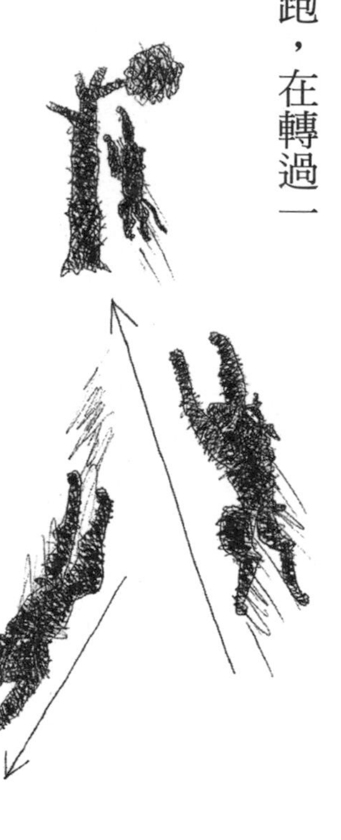

的梁柱了，我趕緊跳上去攀爬著。

「嗚哇！」

這時，我身後突然有個叫聲，好像有什麼碰到了我的尾巴。可是下一秒鐘又聽見「砰」的一聲，惡霸狗摔到地面了。

我站在二樓的地板上，向下俯瞰。

惡霸狗正踉蹌的站起身子。

於是我說：

「真是可惜啊！我認識一隻杜賓犬，這種高度的話，那傢伙輕鬆的就能跳上來！」

說實話，我只在圖鑑裡看過杜賓

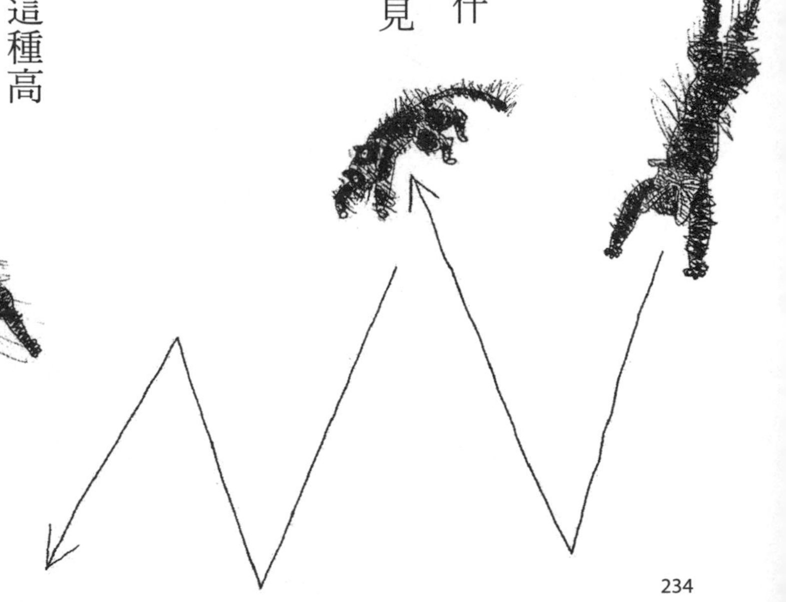

犬。不過在這個節骨眼，有沒有真的看過不重要。

「混、混蛋……」

惡霸狗露出獠牙低吼著，背後傳來米克斯的笑聲。

「哈哈哈，只是稍微跳一下就跌個狗吃屎，這種貨色連鴿子都會瞧不起！其實啊，鴿子只要遇到有血統證明書的高級狗……」

不等米克斯說完，惡霸狗立刻向前追過去。

米克斯逃，惡霸狗追。

米克斯在街角的地方向左轉，到達預定位置。這條路前方有個水泥水溝蓋，破了一個大洞。

我從這棟正在興建的房子二樓走下來後，變換了

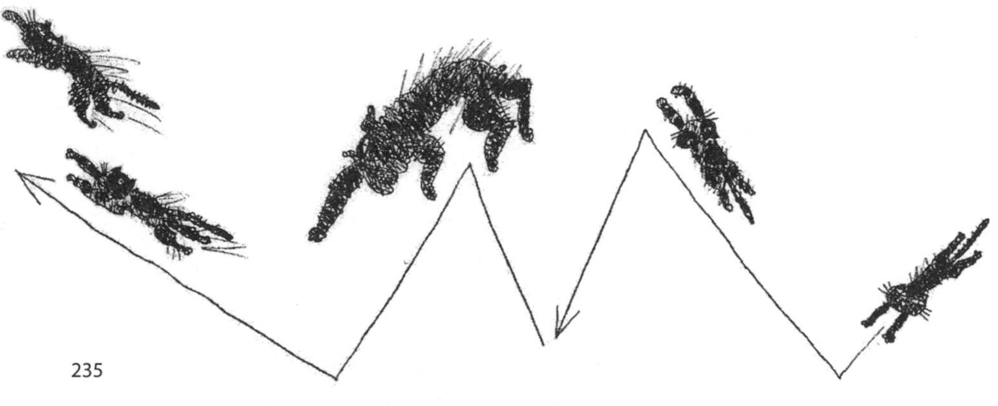

路線，搶先到達下個位置。

我繞到十字路口，看見惡霸狗正把頭伸進水溝裡。

「我是可愛的小鼴鼠……」

米克斯藏在水溝裡，用超級瞧不起人的聲音唱著歌。

我配合著米克斯的歌聲，唱和著：

「喂，混種狗，『真愚蠢啊』，你連鼴鼠都抓不到，我看你是沒資格當獵犬嘍！」

惡霸狗放棄了鑽進水溝的米克斯，把目標轉向我。於是，我和米克斯互換角色，現在由我來嘲弄惡霸狗，一步步把他引到日野先生家的方向。

我用各種不同品種的狗來嘲弄他：德國牧羊犬、可麗牧羊犬、聖伯納、吉娃娃、鐵利亞犬……效果極佳。

每次拿他跟別的狗比較，惡霸狗就會越來越生氣。我平常會看《犬類圖鑑》，所以知道很多狗的品種。而米克斯雖然非常了解附近的狗，但他知道的狗品種卻沒我多。他再次在樹上嘲笑著惡霸狗：

「喂，混種大笨狗！我的朋友黑猩猩，像這樣的高度，他一下子就爬上來了喔！」

到了這個時候，惡霸狗早就已經火冒三丈、失去理性判斷，根本不在乎黑猩猩不是狗的事實。他在樹底下使勁的狂吠，最後張大嘴咬住了樹幹。

好不容易，我和米克斯來到日野先生家斜對面的屋頂會合。

這時，東方的天空已經泛白，底下的惡霸狗正仰望著我們狂吠，而水泥牆的對面，大魔頭也正從那裡抬頭看著。

也許是氣昏頭加上鼻子失靈，惡霸狗絲毫沒有察覺牆的對面有隻鬥牛犬。

他曾經越過獸醫院的牆，應該也會跳進大魔頭家的牆吧……

「嗯，該走了嗎？小魯？最後一仗要開打了。」

米克斯說，我點點頭。

我們從對面的屋頂爬下來，在路上繞了一圈，往惡霸狗的方向走去。我們分明已經不在屋頂上了，他卻依舊抬頭望著屋頂。

我們悄悄的來到大魔頭家的水泥牆下，然後一起大叫：

「喂，這裡！」

我們爬上牆，然後翻身跳進大魔頭家的院子。

「大魔頭，換你接棒！」

我話一說完，立刻聽見身後發出一陣響聲。

惡霸狗越過牆了！

回頭一看，大魔頭正叉開腳，擋在惡霸面前。

「我等你很久了，聽說你不喜歡有血統證明書的狗對吧！真不巧，我就是一隻純種的鬥牛犬，我的血統證明書就放在家裡做裝飾呢！」

說時遲那時快，惡霸狗撲向大魔頭的瞬間，大魔頭從下方咬住惡霸狗的喉嚨，用他粗壯的脖子甩啊甩，三兩下就把惡霸狗甩到草坪上。

惡霸背脊著地，掙扎著想站起來。

「啊嗚……」

他的喉嚨發出刺耳的聲音，然後「砰」的一聲倒下了。

我和米克斯面面相覷。

「不要緊吧……」

我說，米克斯也歪頭想著，這時，大魔頭突然吠了起來。

「汪、汪、汪！」

大魔頭的這種狂吠聲，還真是久違了。

「汪、汪、汪！」

這個力道十足的吠叫聲，讓大魔頭家的窗戶倏忽的打開了。

飼主太太頭頂著捲髮器，探出頭來。

「怎麼啦，小魔？安靜點，你這樣大叫會吵到鄰居，現在還很早呢……」

飼主太太話還沒說完，突然發現有隻狗倒臥在地上。

「哎呀，這是打哪兒來的狗啊……」

之後，不用說，大魔頭家自然是一陣混亂。

20

稍長的終曲和有教養的貓不做的事

可多樂歸來，已經是兩天後的事了。

白天我和米克斯去了獸醫院，晚上回到日野先生家，發現可多樂和普拉多、恰克、阿里龍虎三兄弟都回來了。

可多樂已經從大魔頭口中大致知道了事情的經過。

這是我第一次見到普拉多，普拉多跟我打了一段長長的招呼：

「啊，小哥，初次見面，您好啊！我是普拉多，關於您的名號，我從虎大還有我們家的阿里那裡聽聞許多，久仰您的大名了。還有關於這次您幫我復仇的這件事……」

在這段話裡，普拉多稱可多樂「虎大」、叫我「小哥」、叫米克斯「米哥」。想必是從阿里口中聽到我信口胡謅的話，就信以為真了。

如果現在不趕緊說實話，以後解釋起來恐怕會更棘手。

於是我向普拉多他們說：

「其實，說什麼偉大的人物都會縮短稱呼，那是我胡亂編的……」

普拉多卻說：

「啊，小哥真是愛說笑！我可是和虎大確認過呢，他說確實是這樣沒錯。」

他仍然不放棄「小哥」這個稱呼。

關於這個問題，可多樂之後是這麼跟我說的：

「第一次阿里叫我『虎大』時，我就覺得很奇怪，我問他為什麼這樣叫我，他說是你說大人物都會這樣縮短稱呼。既然如此我就順水推舟，讓他們這麼以為。因為他們真的太誇張了，叫我『虎哥老大』還算好，有時候他們還會在我的名字前加上『古今中外無人能敵』，或是『無庸置疑、無須再議』這類莫名其妙的稱號。如果要在路上被他們這麼叫，我寧願他們叫我『虎大』。」

「原來是這樣啊，不過『古今中外無人能敵、無庸置疑、無須再議的可多樂』真的是個很酷的稱呼耶！那我以後就這樣叫你啦。」我挖苦的說。

「喂，你給我差不多一點！」可多樂一臉正經斥責我。

對了，話說回來，可多樂回家那天，為什麼我和米克斯會去獸醫院呢？那是因為我們去探望那隻惡霸狗。獸醫院的後門和日野先生家一樣，有個貓咪專用的小門。米克斯從那個小門進去了，但是我沒有。

我站在玄關的玻璃門前，醫院的助手就幫我打開了大門。一隻有教養的貓咪，是不會從後門偷偷摸摸進屋子的。

而且，米克斯到獸醫院去，目的不光只是為了看那隻惡霸狗，他還要去見小雪。

那天早上，大魔頭的狂吠聲，引來飼主太太發現倒臥在地的惡霸狗。雖然不知道他是怎麼進到院子裡來的，但很顯然的，他和大魔頭打了一架，因此，引發家裡一陣混亂。他們打電話請獸醫過來，獸醫便開著車，載惡霸狗到醫院去了。

「雖然不知道是哪裡來的狗，但因為是和我們家小魔打架的，所以醫藥費就由我們負責吧！」飼主太太對獸醫說。

對大魔頭來說，那種程度已經算是手下留情了。之後大魔頭被主人狠狠的說了一頓，但他只是低著頭，安靜的聽訓。

等大魔頭的飼主走開了，我來到他身邊。

「明明不是你的錯啊！」我說。

「雖然我認為自己一點錯也沒有，但老老實實的聽訓，主人的訓話才會早點結束。」大魔頭笑著說。

惡霸狗被大魔頭咬傷的喉嚨已經癒合，也慢慢的恢復了元氣。但剛開始我去探望他的時候，他一句話也說不出來。

等他完全康復，離出院只剩三天的時候，我來到惡霸狗住的籠子旁邊說：

「那時說你是混種狗，又一直嘲笑你，我真的很抱歉，事實上我沒有那個意思。」

「唉，那件事就算了吧！只是，被混種貓罵混種，我真的是無言以對呀！」惡霸狗眼眶噙著淚水說。

或許惡霸狗在那個時候，早就已經逐漸卸下心防了。

在混亂過後的隔天，日野先生家的幫傭婆婆從大魔頭家的飼主太太那裡得知了這件事，於是來到獸醫院探望。不知道婆婆喜歡惡霸狗哪一點，聽說婆婆竟然說：

「這隻狗真是可愛呀！如果沒有主人的話，我就帶回去養好了。」

這是當時站在一旁的小雪轉述的。

之後，幫傭婆婆每天都去探望惡霸狗，惡霸狗也就

這樣慢慢的和婆婆越來越親近。

車站對面有家美妝店，養了一隻小型的混種母狗，叫做「小玲」。小玲那時剛好也因為腳受傷，在獸醫院住了五天。以下是米克斯從小玲那裡聽到的故事：聽說惡霸狗小時候被主人棄養，一直過著四處流浪的日子。

或許同樣是混種狗的緣故，身為左右鄰居的惡霸狗和小玲，每到夜晚都會一邊流淚，一邊互相傾吐自己的故事。

聽說惡霸狗的媽媽是隻有血統證明書的鬥牛犬，爸爸則是混種狗。

「嗯，這種事很常見。有血統證明書的母狗愛上混種狗之後生下的孩子，就會成為混血的混種狗，然後被棄養。或許惡霸狗也是這樣吧！真是不幸，不幸啊！」

和我一起聽米克斯說故事的大魔頭一陣感嘆。

之後米克斯對我說：

「不知道獸醫師是不是也是這種人類……」

我不知道這跟獸醫師有什麼關係，於是我很自然的說：

「我想應該不是。」

「這樣啊！」米克斯似乎放下一顆心。

那時的我以為米克斯是為了惡霸狗在擔心。但後來想想，總覺得事情不是我想的那樣。

不過話說回來，不管怎樣，惡霸狗已經被婆婆收養了，之後我們應該會變成好朋友吧！

我這麼相信著。

只要成為好朋友，我就能聽他親口敘述自己的成長故事，在此之前，我不會過問任何問題。

這樣才是一隻有教養的貓該有的行為。

聽說米克斯曾經帶著普拉多、恰克和阿里龍虎三兄弟，偷偷潛進獸醫院的病房。他們站在喉嚨纏著繃帶、正在睡覺的惡霸狗住的籠子前大聲歡呼：「耶！耶！喔！」

這也是我後來聽小雪說的。

站在龍虎三兄弟的立場，他們的朋友阿丹被襲擊，導致身負重傷，做出這種歡呼的行為也無可厚非。

龍虎三兄弟一直到梅雨季來臨之前，都待在日野先生家。可能是聽阿里說了我們之前的淺草之行，普拉多對我說：

「只有阿里拜過觀音，我和恰克都沒去過，我們可能會遭受天譴啊！為了不要遭受天譴，我們最好也去一趟觀音寺，小哥可以陪我們一起去嗎？」

他拜託我，所以這次預計有我、米克斯、可多樂以及龍虎三兄弟，共六隻貓要一起出發去淺草。

可是當我看到普拉多那張臉，我覺得他才是真正符合「無庸置疑、無須再議」這類稱號的大哥，一點也看不出他害怕什麼天譴。我看他只是因為弟弟去過淺草，所以也想去吧！

不過，我自己也很期待能再次去淺草慢慢遊覽。於是，我們就這樣決定了。只是這次要去的貓太多、太顯眼，很難再搭電車，於是我們決定徒步往返。

我邀請小雪也一道去。

「我的身體現在不太方便……」

她回絕了我。

去淺草回來的第二天，普拉多和恰克就回市川去了。

至於阿里，他對兩位哥哥說：

「我想留在這裡繼續學習，暫時不回去了，可以嗎？」

我發現阿里在跟哥哥們說話時，會很自然的用上「我會看著辦啦」這類的語氣，沒有客套拘謹的感覺，讓我相當驚訝。相信不久之後，他也能像這樣毫無顧忌的與我聊天，真希望這一天趕快到來。

正因為如此，阿里到現在還待在我們這裡。但可多樂卻隨著普拉多他們一起去了市川。可多樂說：

「對面有個管理鬆散的圖書館，那裡的英文書可以讓人隨意看到飽。上次因為忙著找惡霸狗，所以沒時間過去。現在事情都解決了，我可以慢慢閱讀了。」

可是，可多樂要再去一次，並不只是為了這個原因。雖然我不是要故意偷聽，但我無意中聽見可多樂和普拉多的對話。

「虎大，這樣好嗎？如果你不回市川，燒肉店的齊子會很寂寞的。」

「噓，小聲點，你這傢伙，亂說什麼話……」

後面的對話，我就聽不到了。

對了，我們六隻貓到淺草寺的時候，米克斯曾經獨自突破人群的障礙，在偌大的香油錢箱前誠心誠意的祈禱著。

事後我問米克斯，他在祈禱什麼？

「那沒什麼啦……」他只是害羞的回答，其他什麼也沒說。

不過就算這樣，我也大概猜得出他求什麼了。

之前我去邀請小雪的時候，我發覺她的肚子似乎有點大。

我想小雪無法跟我們一起去淺草，與米克斯的祈求肯定有很微妙的關係。說不定也和米克斯不去茨城有關……

這些事應該不久之後就會明朗了吧！在這曖昧不明的時刻，我也不會刻意去刺探米克斯或小雪的口風。

還是回到那句老話：這才是有教養的貓該有的行為。

讀書會

魯道夫出生在日本，從崎阜流浪到了東京，

這個距離我們不遠的國度，是個什麼樣的地方呢？

一起來看看吧。

日本・到此一遊

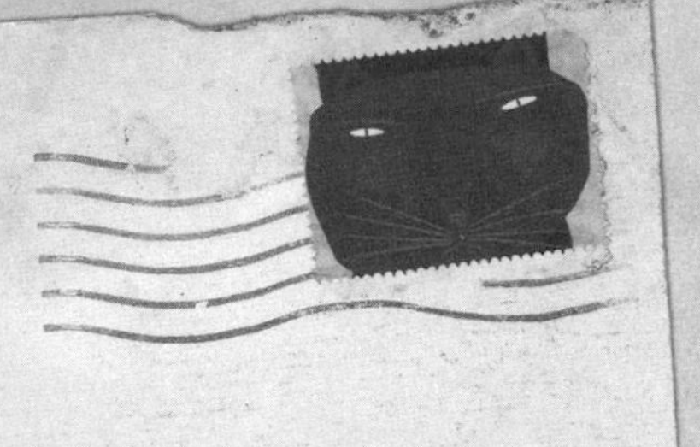

岐阜縣

地理位置

岐阜位在日本列島的正中心，在東京西方約300 公里處，高速公路、新幹線等四通八達。從岐阜市搭電車到東京，大約 2 個小時左右。

岐阜號稱「山水之國」，其中的長良川水質清澈，被譽為「日本名水百選」之一。

有趣的文化活動

岐阜有許多具特色的祭典，如「飛驒高山祭之森」、郡上八幡城的「郡山舞」。高山祭會有裝飾著神像、龍鳳或傳說人物的花車，隨著神轎出巡，配合日本傳統服飾的遊行行列，盛大而熱鬧。

東京都

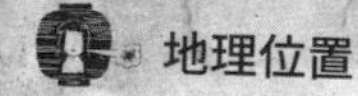

地理位置

東京位在日本的本島東部，是日本的首都，和第一大城市，約有 1,200 萬人，是政治、文化以及經濟中心。著名的觀光景點如：明治神宮、迪士尼樂園、東京鐵塔、淺草寺等。

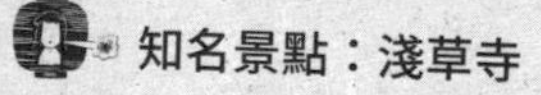

知名景點：淺草寺

★雷門：淺草寺入口的大門叫「雷門」。門口的大燈籠超過 600 公斤。雷門曾遭受祝融之災，後由松下電器的創始人松下幸之助捐贈重建。

★仲見世大道：雷門到淺草寺之間的商店街，林立著傳統藝品和人形燒等小吃店。

★觀音寺：供奉觀音像，每年都有上千萬人來此觀光與參拜。

快問快答

1. 米克斯一行人到鐵軌橋去看傳說中的草裙舞，卻撲了個空。阿里說：「魔鬼就藏在細節裡，越小的事情就越要謹慎」，你贊同這句話嗎？

2. 米克斯認為自己既不是流浪貓，也不是寵物貓，他就是貓。魯道夫也說：「屬於哪種貓，決定權不在自己，重要的是：我就是我。」你覺得這句話可以套用在人類身上嗎？

3. 魯道夫說：「光由有無血統證明書來判斷是否飼養寵物的人類，是沒有教養的人。」你贊同這句話嗎？為什麼呢？

4. 看完了故事，對於魯道夫口中的「教養」這件事，你有什麼啟發呢？

後記

齊藤 洋

我終於拿到第三本魯道夫寫的日記了。和第一、二次一樣，我從外面回來時，發現玄關前堆了一大疊髒髒的紙。

和各位說老實話，我很久以前就收到魯道夫的手稿了，只是我花太多時間重謄稿子，因為我還有許多其他事要做，不可能每天只謄寫貓咪的原稿。

如果我能夠每天只做謄寫稿子的工作，那

麼這書也許就能早點完成……

希望你們會喜歡這第三本魯道夫日記。

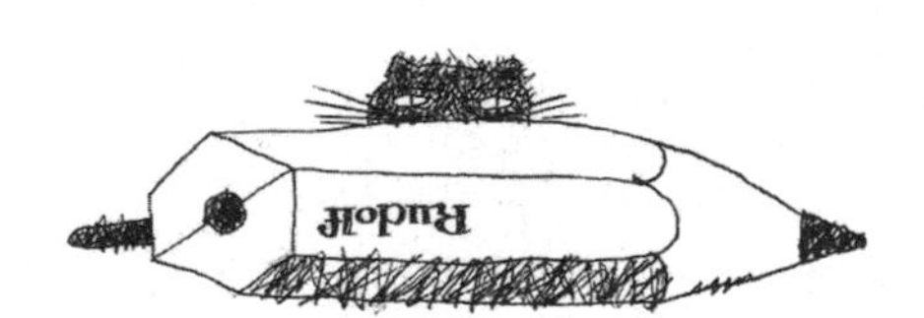

魯道夫與來來去去的朋友

文｜齊藤 洋
圖｜杉浦範茂
譯｜陳昕

責任編輯｜黃雅妮、李寧紜
特約編輯｜劉握瑜
封面及版型設計｜李潔、林子晴
電腦排版｜中原造像股份有限公司
行銷企劃｜陳佩宜、林思妤

天下雜誌群創辦人｜殷允芃
董事長兼執行長｜何琦瑜
媒體暨產品事業群
總經理｜游玉雪
副總經理｜林彥傑
總編輯｜林欣靜
行銷總監｜林育菁
主編｜李幼婷
版權主任｜何晨瑋、黃微真

出版者｜親子天下股份有限公司
地址｜台北市104建國北路一段96號4樓
電話｜（02）2509-2800　傳真｜（02）2509-2462
網址｜www.parenting.com.tw
讀者服務專線｜（02）2662-0332　週一～週五：09:00~17:30
傳真｜（02）2662-6048　客服信箱｜parenting@cw.com.tw
法律顧問｜台英國際商務法律事務所・羅明通律師
製版印刷｜中原造像股份有限公司
總經銷｜大和圖書有限公司　電話：（02）8990-2588

出版日期｜2012年4月第一版第一次印行
2023年8月第二版第一次印行
定　價｜350元
書　號｜BKKCJ099P
ISBN｜978-626-305-505-6（平裝）

訂購服務
親子天下Shopping｜shopping.parenting.com.tw
海外・大量訂購｜parenting@cw.com.tw
書香花園｜台北市建國北路二段6巷11號　電話（02）2506-1635
劃撥帳號｜50331356　親子天下股份有限公司

國家圖書館出版品預行編目資料

黑貓魯道夫. 3, 魯道夫與來來去去的朋友 / 齊藤洋文 ; 杉浦範茂圖 ; 陳昕譯. -- 第二版. -- 臺北市 : 親子天下股份有限公司, 2023.08
264面 ; 14.8×21公分. -- (樂讀456 ; 99)
譯自 : ルドルフといくねこくるねこ
ISBN 978-626-305-505-6(平裝)
861.596　112008144